最強ギフトで領地経営スロ～ライフ

辺境の村を開拓していたら英雄級の人材がわんさかやってきた!

3

音速炒飯
Cyarhan Onsoku
イラスト riritto

CONTENTS

一章
ドワーフの村を魔族から救う

SAIKYOGIFT DE
RYOCHI KEIEI SLOWLIFE

僕の名前はメルキス・ロードベルグ。

ロードベルグ伯爵家で育ち、一五歳の誕生日にハズレギフト【根源魔法】を授かったことを理由に父上に辺境の村へと追放された——ということになっている。

しかし僕は気づいている。【根源魔法】は見た魔法の威力を大幅に向上させてコピーすることのできるギフトで、規格外に強力だ。父上が僕を追放したのは、僕を【根源魔法】の持ち主に相応しい一人前に育て上げるための試練なのだ。

時に過酷な試練もあったが、それを乗り越える中で僕は以前より精神的にも肉体的にも強くなれた。

試練を乗り越える中で、村も発展した。

様々な野菜がたっぷり収穫できる畑を作ったり。

魔法の本も扱う巨大な図書館を建てたり。

すき焼きや寿司などの極東大陸の料理文化を輸入したり。

温泉とサウナを建てたり。

試練を乗り越える中で、この村は安心して楽しく暮らせる村に成長した。

そして父上からの最大の試練を乗り越えたとき、魔族との戦いが始まった。

三〇〇年前の人間との大戦で全滅していたはずの魔族が、まだ生きていたのだ。

王都武闘大会の決勝戦で魔族達が魔王を一体復活させて、人類への反撃を開始しようとした。

僕は激闘の末、魔王を打ち倒した。

しかし、混乱に乗じて父上が魔族にさらわれてしまった。

父上を取り返すため、そして魔族の企みを打ち砕くため。僕達は魔族の行方を追っている。

そして今、『魔族を発見しました。ある村を襲撃しています』という報告が入った。

魔族の情報を掴んでくれたのは、村に住むシノビさん達だ。

シノビ。極東大陸出身の、暗殺と諜報を専門とする一族である。

かつては僕の命を狙っていたのだが、今は村の仲間となっている。

「すぐにその村の住人を助けに行こう！」

僕は村の仲間とともに、村を助けに行くことに決めた。家を出て、急いで村の仲間を集める。

「メルキス、お父さんの手がかり見つかるといいね」

そう声を掛けてくれた、茶髪で小柄の女の子はマリエル。この国の第四王女であり、親同士が決めた僕の婚約者でもある。戦いは苦手だが、〝異次元倉庫〟という物を異空間に格納できるギフトを持っていて、いろいろと村の発展を支えてくれている。

「ワ、ワタシも行かないとだめでしょうかぁ……」

と不安げに聞いてくる大柄な女の子はナスターシャ。

実は人間ではなく、高位種ドラゴンであるレインボードラゴンが人間に変身しているのである。当然戦闘能力は高いのだが……とても臆病な性格なため、自分から戦いを仕掛けることはしない。

「ナスターシャは、戦いに参加しなくていい。ドラゴンの姿に戻って僕を現地まで運んでくれるか？」

「は、はい。それなら大丈夫ですぅ……」

ほっとした様子でナスターシャがうなずいてくれた。

「主殿。道は私が案内します」

そう言って僕の前にひざまずくのは、カエデ。

シノビの一族の頭領を務める女の子である。かつて僕の命を狙っていたのだが、今では僕を主と呼ぶ、頼もしい村の仲間だ。シノビさん達の中でも、一番腕が立つ。

「領主サマ！　もちろん俺たちも行きやすぜぇ！」

そう言って大斧を振り上げているスキンヘッドの男性がタイムロットさん。僕がこの村の領主になる前からの住人で、村の冒険者さん達の取りまとめ役である。

後ろには、武器を持った冒険者さん達も集まっている。

タイムロットさん達は、皆僕の魔法によって身体能力が大幅に向上していて、以前とは比べものにならない戦闘能力を誇っている。

それはとても良いことなのだが、そのせいで常識がおかしくなっている部分もある。

こうして、個性豊かで頼りになるメンバーが集まった。

他にも村には頼りになる仲間がいるが、今回は不在の間の村の守りに努めてもらうことにした。

「よし、このメンバーで魔族に襲われている村を助けに行きましょう！　僕とカエデはナスターシャに乗って先行します。他のメンバーは地上から向かってください」

「「「了解！」」」

こうして僕達は、魔族に襲われている村へと出発した。

◇◇◇

――深い森の中を、小さな人影達が懸命に走っている。

ドワーフ。亜人の一種である。

争いを好まない温厚な性格で、多くは人間の目につかない森の奥に村を作ってひっそりと暮らしている。

「逃げるデス」

「急がないと、追いつかれるデス！」

そのドワーフたちが、必死に何かから逃げている。全員ボロボロで、怪我で動けない仲間を背負っている者もいる。

そんなドワーフ達の行く手に、人間が立っていた。メルキスの村に住む冒険者のリーダー、タイムロットだ。後ろには、何人か仲間の冒険者を引き連れている。

「人間さんデス！　なんでこんなところにいるのデス⁉　今この森は危険デス！　一緒に逃げるデス！　とてもとても恐ろしいモンスターが追ってくるのデス！」

ドワーフは少し舌足らずな喋り方だが、モンスターに怯えている恐怖はタイムロットにしっかり伝わった。

「恐ろしいモンスター？　一体どんなやつだ？」

「〝ドレッドコブラ〟という、とても強い毒性を持つ巨大な蛇モンスターデス！　仲間は何人もあのモンスターにやられたのデス！　人間さんも急いで逃げ――」

そこで、ドワーフは気づく。タイムロットが何かを引きずっている。

その〝何か〟は、どんどん後ろにいくにつれて、太くなっていく。そしてその〝何か〟の表面には鱗があった。

ドワーフ達は、タイムロットが何を引きずっているのか理解する。

「「ド、ドレッドコブラを引きずってるデスー!?」」

「あ、これか？　さっき出くわした〝でっけぇ蛇〟だ。知ってるか？　蛇の肉って、脂ぎってるけど美味いんだぜ？　後で一緒に鍋で煮て食おうぜ」

タイムロット達村の冒険者達は、メルキスの魔法で身体能力が桁違いに向上したことで常識がおかしくなっている。あまりに強くなりすぎて、普通の生き物とモンスターの区別が付かなくなっているのだ。

「いやそのモンスターは、ワタシ達の村を滅ぼした凄く強いモンス――」

そのとき、茂みから新しい影が飛び出してくる。

〝ジャアアアアァ……！〟

ドレッドコブラが鎌首を持ち上げ、獲物を見つけた喜びに目を輝かせている。

「また出たデス！」

「もうダメデス！」

「今度こそおしまいデス！」

ドワーフたちが絶望して、頭を抱える。

「タイムロットさん、今度は俺がやるっス」

タイムロットの後ろから、一人の若い冒険者が出てくる。

「人間さん、気をつけてください！　その蛇はただの蛇じゃなくて……」

「わかってるっす、ドワーフの皆さん。俺だって馬鹿じゃないんス。あれがただのデカイ蛇じゃないことぐらい、ちゃんとわかってるっス」

「人間さん……わかってくれたんデスね！」

ドワーフたちが安堵のため息を漏らす。

「わかってるっすよ、あれがただのデカイ蛇じゃなくて、〝毒のあるデカイ蛇〟だってことくらい！」

「「人間さん、何もわかってないデス!!」」

ドワーフ達は、また頭を抱える。

そして、そんなやりとりにはお構いなしにドレッドコブラが襲ってくる。

「毒蛇を相手にするときには、コツがあるんス。噛まれないようにまず頭を押さえるんス。重力魔法、〝グラビティフィールド〟発動」

〝ジャアアァ!?〟

コブラの頭が地面に叩きつけられる。見えない重力の力で押さえつけられているのだ。

牛一頭を咥えて軽々持ち上げるだけのパワーがあるドレッドコブラだが、全く身動きが取れない。

若い冒険者が剣を抜き、一瞬でコブラの首を斬り落とす。

「扱いの難しい重力魔法をあんなに簡単そうに使うなんて、すごいデス！　どうやって覚えたデスか⁉」

「村の図書館にある魔法の本で勉強したっス」

「図書館で、勉強した……⁉」

ドワーフ達は、混乱していた。

そのとき、地響きが起きる。

「な、何が起こってるデスカ⁉」

ドワーフ達がうろたえる。

木々の間から、ずるり、ずるりと先ほどより遥かに巨大な何かが出てくる。

現れたのは、三つの頭を持つドレッドコブラ――〝キングドレッドコブラ〟。全能力が通常種より遥かに強力な、ドレッドコブラの上位種モンスターだ。特に牙の毒は強力で、かすり傷一つでも付ければどんな相手だろうと即死させる威力を誇る。

大量の獲物を見つけたキングドレッドコブラが、嬉しそうにシュルルルと音を立てる。

「そんな、まだこんなモンスターが出てくるデスか……」

「希望など、もうどこにもないデス」

ドワーフ達の心が折れる。膝を折って地面に崩れ落ちた。

「うわまた出た。めんどいっすね。タイムロットさん、今度はどっちが相手するかじゃんけんっスよ」

「チッ。しゃーねーなー」

ドレッドコブラそっちのけで、タイムロットと若い冒険者はのんきにじゃんけんしている。

「クソ、俺の負けだ。面倒くさいけど相手してやっか」

じゃんけんで負けたタイムロットが、頭をかきながらキングドレッドコブラに向き直る。

しかし――

〝〝〝シャー!!〟〟〟

じゃんけんが終わるのを悠長に待つキングドレッドコブラではなかった。じゃんけんが終わる前に既にキングドレッドコブラは攻撃を開始していた。

三つの巨大な蛇の頭がタイムロットに襲い掛かる。かみつく寸前まで頭が近づいていた。

「人間さん、危ないデス!」

「のんきにじゃんけんなんてしてるからデス!」

「もうどうやっても避けられないデス!」

かすり傷一つでも付ければ人間を即死させる毒牙が、タイムロットを襲う。

しかし。

「身体能力強化魔法〝アイアンマッスル〟発動」

瞬間、タイムロットの筋肉が膨れ上がる。その表面は、金属のような光沢を帯びていた。

〝ぽきん〟

という気の抜ける音を立てて、キングドレッドコブラの牙は全て折れた。

かすり傷で即死させる毒も、傷が付けられなければ送り込むことができない。

〝〝〝シャー!?〟〟〟

予想外の事態に、キングドレッドコブラが後ずさる。

「じゃ、面倒くせぇけどやるか。一回でまとめてぶった切った方が楽そうだな」

タイムロットが斧を構える。

「鋼鉄魔法〝ジャイアントブレード〟発動」

タイムロットの斧が、巨大化していく。刃が人間より大きくなり、まだ成長していく。最終的に、刃渡り一〇メートル以上の巨大な斧になった。

「この巨大な斧は、なんデスカ……!?」

「身体能力強化魔法と鋼鉄魔法、二系統の魔法を使えるのも凄いデス！」

ドワーフ達が、口々に驚嘆の声を上げる。

「どっせい！」

タイムロットが間合いを詰める。そして、巨大な斧がキングドレッドコブラの三つの頭をまとめて斬り落とす。

〝〝〝シャー!?〟〟〟

何が起きたのかわからない、とでも言いたげな表情のキングドレッドコブラの三つの頭が地面に落ちる。

　そして、森に静寂が戻った。

「ほ、本当に勝っちゃうなんて凄いデス！」

「人間さん達、強すぎデス！」

「常識外れにも程がありマス！」

「なんだ？　頭が三つある蛇倒しただけじゃねぇか。大したことじゃねぇよ」

　タイムロットは元の大きさに戻った斧を背負いなおす。そこでタイムロットは、一人の仲間を背負ったドワーフの違和感に気づいて声をかける。

「おい、そのドワーフ……」

「はい。背負っているのは、ワタシの弟デス。逃げ遅れたワタシをかばって、ドレッドコブラに噛まれて、死んでしまいマシタ。せめてどこか見晴らしのいい丘に埋葬してあげたいのデス」

　ドワーフは涙を浮かべる。

「事情はわかったぜ。なぁリリーちゃん、〝アレ〟頼むわ」

「わかりました」

　呼ばれてメルキスの村のシスター、リリーが出てくる。冒険者ではないが、回復魔法要員として同行しているのだ。

「超上位魔法〝ヘヴン・ゲート〟発動」

　魔法が発動した瞬間、空が割れる。そして空の裂け目から、橙色の光が死んだドワーフに降り注ぐ。

「あれ。ぼくは一体……？」

するると、死んだはずのドワーフが息を吹き返した。

「生き返った……!?　弟が生き返ったデス！」

ドワーフ達は抱き合って喜ぶ。

「人間さんありがとうデス！　この恩は必ず返すデス！」

ドワーフ達は、何度も何度も頭を下げる。

「一体さっき何をしたデスか？　死人を生き返らせる魔法なんて聞いたこともないデス！」

「何って、図書館の本で勉強した超上位死者蘇生魔法を使っただけですよ？」

「「「どんな図書館デスか！」」」

ドワーフ達が一斉に突っ込む。

何がおかしいのかわからないといった様子で、リリー達は首をひねる。

「とにかく、助けていただいてありがとうデス！」

「凄いデス！」

「格好いいデス！」

「あなた達こそ国最強の戦士デス！」

しかし。

「いやいや、俺が国で最強なんて。そんなわけないっスよ。俺なんて村の中じゃ中の下くらいっス」

と、若い冒険者。

「私はそもそも本業がシスターなので、強さのランキング外ですねぇ」

と、シスターのリリー。

「俺は村の中だと強ぇ方だが、俺より強い奴は村に何人もいるぜぇ。極東大陸のシノビの頭領とか大賢者サマとかドラゴンとかな。そして、領主サマはさらに強くて、俺が一〇〇人で掛かっても手も足もでねぇぜ」

と、タイムロット。

「そ、そんなに強い人がいるのデスか……!? 想像できないデス！」

ドワーフ達はまたまた混乱する。

「ところでよ、さっきからでけぇ蛇しか出てこないけど、言ってた『恐ろしいモンスター』ってのはどこにいるんだ？」

「へ？」

「おいお前ら、気ぃ抜くんじゃねぇぞ！『恐ろしいモンスター』ってのはどっから襲ってくるかわからねぇからな！」

「「了解!!」」

ドワーフ達は呆れた顔をしていた。

◇◇◇

――一方その頃ドワーフの村は、廃墟同然になっていた。

家は燃え、レンガでできた工房は無残に破壊されている。

一部のドワーフ達は脱出できたが、ほとんどのドワーフ達は逃げ遅れていた。

村の中央にある広場に、多くのモンスターが集まっている。

十数頭のドレッドコブラがとぐろを巻いて広場を囲んでいるのだ。そして、とぐろの中にそれぞれ一〇人ほどのドワーフ達が閉じ込められていた。

「ぐぅ、痛いデス……！」

「身体が潰れそうデス！」

ドレッドコブラが気まぐれに締め付けを強めるたびに、ドワーフ達が悲鳴をあげる。

そして、広場の中央では一人のドワーフとドレッドコブラが向かい合っていた。

「仲間達を、放すデス！」

ドワーフが鍛冶用のハンマーを振り上げて、ドレッドコブラに突撃していく。

しかし、ドワーフは戦闘が不得意な種族。その攻撃は簡単にかわされてしまう。

そして、ドレッドコブラは尻尾でドワーフを弾き飛ばす。

「ゲホッゲホッ！」

ドワーフが、口から血を吐き出す。そしてなんとか呼吸を整えてハンマーを構えなおした。

「おいおいいいのかよ？　そんなにのんびりしてて」

ドワーフに向かって嘲笑《あざわら》うような声をかけたのは、魔族だ。

「約束したよな？　村長のお前とドレッドコブラで一対一の決闘をして、村長のお前が勝てば村人全員を解放してやる。制限時間は一〇分。時間が過ぎたら、お前も仲間も全員殺すって」

魔族が、両手の指を立てる。

「残り時間あと一〇秒だ。ほら、急がなくていいのか？」

魔族が十本の指を立てる。

「さっさとあがいてみせろ。10、9――」

「うわあああぁ!!」

ドワーフが死に物狂いでハンマーをもって突撃する。しかし、またドレッドコブラがそれを軽々とかわし、〝シュルルル〟と嘲笑う。

「3、2、1――」

「みんな、ごめんデス。ワタシが弱いせいで……」

広場のドレッドコブラが一斉にドワーフを絞め殺すべく力をこめようとした――そのときだった。

〝ゴウッ!!〟

空から、力強い羽ばたく音が聞こえた。

その場の全員が空を見上げる。そこには、七色の光の帯が流れていた。

レインボードラゴンが空を駆け抜けた軌跡だった。

「あれは、虹……？」

ドワーフは、何が起きたのかわからずただ茫然と空を見上げていた。そして、空から何かが降ってくるのを見つける。

「人間さんが、空から降りてくるデス……!?」

何故空から人間が降ってくるのか。あの虹は何なのか。ドワーフは、事態を理解できずに混乱していた。

「氷属性魔法〝アイスニードル〟、一四連発動！」

ドワーフは確かに、そんな声を聞いた。

次の瞬間。氷の杭《くい》が空から降り注ぎ、広場を囲んでいたドレッドコブラ〝全て〟の頭を正確に貫いた。

力が抜けたドレッドコブラの身体からドワーフ達が逃げ出す。

そして、ドワーフの村長の隣に人間が着地する。

「ドワーフさん。もう大丈夫です。離れていてください」

「は、はいデス……」

いまだに混乱しながら、ドワーフの村長は仲間とともに広場の端の方へ逃げていく。

「おい、誰だお前？　俺の手駒を全滅させてくれやがってよぉ」

魔族に対して、空から降りてきた人間は剣を抜きながら名乗る。

「メルキス・ロードベルグ。山間にある、小さな村の領主だ」

◇◇◇

――時は少し遡る。

僕は、ナスターシャの背に乗ってドワーフの村へと向かっていた。

村のみんなには地上を複数方面から、手分けしてドワーフの村へと向かってもらっている。

魔族に襲われているドワーフは、きっと散り散りになって逃げるだろう。どんなルートでドワーフが逃げるかわからないので、なるべく手広く探索するためだ。

ドワーフの村の上空にたどり着くと、遠目に破壊された村の様子が見えた。

「ナスターシャ、僕はここで降りる。ナスターシャは安全な場所で待機していてくれ！」

「わ、わかりましたぁ。メルキス様、気をつけてくださいねぇ～」

僕はナスターシャの背中から飛び降りる。

地上が近づくにつれ、様子がよりハッキリと見えてきた。

魔族がモンスターを使ってドワーフをいたぶっている。いつでもとどめを刺せるのにあえてそうせず、必死で抗《あらが》う様子を楽しんでいるのだ。

「許せない……！　氷属性魔法、〝アイスニードル〟一四連発動」

僕は氷の杭を発射し、ドワーフを捕まえているドレッドコブラを仕留める。

そして、広場の中央に着地した。

「ドワーフさん。もう大丈夫です。離れていてください」

ここにいては、今から魔族に対して使う魔法に巻き込んでしまうかもしれない。

「おい、誰だお前？　俺の手駒を全滅させてくれやがってよぉ」

ドワーフさん達をいたぶっていた魔族が問うてくる。

「メルキス・ロードベルグ。山間にある、小さな村の領主だ。何故ドワーフ達を、ここまでいたぶった？　山奥の小さな村でひっそりと生きている彼らを、何故殺す必要があった？」

僕はボロボロになった村を見渡す。そこには、あちこちにドワーフさん達の遺体が横たわっている。

「馬鹿かよ。雑魚をいたぶるのに理由なんてあるわけねーだろ。この土地には用があったが、住人には用はなかった。こいつらを殺したのはタダのヒマつぶしだ」

「そんな理由で……」

僕は剣を強く握りしめる。

「ヒマつぶしなはずだったけどよ、お前が来てくれたんならラッキーだぜ。魔王パラナッシュ陛下を倒したお前の首を持って帰れば、我が派閥《はばつ》の魔族内での立場は上がること間違いなしだからな！」

『我が派閥』とこの魔族は言った。どうやら、魔族も一枚岩ではなく、いくつかの派閥があるらしい。

魔族は上半身の服を脱ぎ捨てる。すると、筋肉が膨れ上がっていく。見る見るうちに筋肉は異形に変形していき、甲虫のような装甲に変質した。

「上位魔族は、肉体を変質させることができる！　この状態のオレ様の肉体の硬度は魔族トップクラス！　防御力だけならお前が倒した、不完全な復活だった魔王パラナッシュ陛下をも上回る！」

魔族が勝ち誇ったように笑う。

「戦う前に一つ聞く。お前たちが魔王パラナッシュを復活させたとき、王国騎士団副団長ザッハークをさらったはずだ。今どこにいる？」

「あ？　知らねーな。パラナッシュ陛下を復活させたのは、うちじゃない。別の派閥だ」

「そうか。ならいい」

「ひゃっははは！　お前を殺して、任務に失敗した連中に首を見せびらかしてやる！」

魔族が正面から突っ込んでくる。

「氷属性魔法、〃アイスニードル〃発動」

僕が放った氷の杭は、魔族の甲殻《こうかく》に傷一つ付けられず弾かれる。なるほど、魔王パラナッシュ以上の防御力というのは嘘ではないらしい。

あの装甲を突破するのはかなり苦労するだろう。

――以前の僕であったなら。

大賢者エンピナ様が来てから村の魔法のレベルは格段に上がった。

それは、僕も例外ではない。

村の仲間が覚えた新しい魔法をコピーし、僕もさらに強くなっている。

僕は、剣の構えを解き――渾身の力で剣を空へと投げる。

「は？　なにしてんだ、お前？　自分から武器を捨てるなんて、馬鹿なのか？」

「僕は重力魔法〃グラビティフィールド〃と鋼鉄魔法〃ジャイアントブレード〃を融合《ゆうごう》」

二つの魔法陣が宙で融け合っていく。

これが僕の授かったギフト【根源魔法】の新しく開花した力。二種類の魔法を融合させて、より強力な魔法を生み出すことができるのだ。

「複合魔法〝力場と聖剣の裁き〟発動」

魔法により、空の剣が巨大化。刃が広く、長く、そして厚くなっていく。

「なっ……!?」

僕が空に投げた剣は、全長二〇メートルを超える大剣に成長した。鋭い刃が陽の光を反射して煌《きら》めく。剣が切っ先を下にして、魔族めがけて落下していく。

「うっそだろ!? 規格外にも程があるだろうが！」

魔族のさっきまでの威勢は消し飛び、背を向けようとする。だが——

「なんだ!? 急に身体が重く……!?」

魔族が地面に膝をつく。

「駄目だ、一歩も動けねぇ！ これはまさか重力!? ということは……！」

そう、空の大剣は、重力によってさらに落下の破壊力を増す。今の剣の質量はおよそ一〇トン。それが、三〇倍の重力によって加速して落下する。その破壊力は——

「メルキス、まさかこれほどとは……！ 俺なんかが相手するべきじゃなかった！ クソ、チクショオオオオォォ!!」

大剣の切っ先が魔族の装甲を貫いて、地面を抉《えぐ》る。

〝ズドオオオオオオォォォォォォォォォォォォォォンッ……!!!〟

大地が激しく揺れ、土が空高く舞い上がる。

遥か遠くの森から、鳥が飛び立つのが見えた。衝撃は数キロ先まで伝わっているだろう。

――――

ようやく土煙がおさまったとき、剣は根元まで深々と大地に突き刺さっていた。剣に掛かっていた魔法の効果が消えて元の大きさに戻るので、回収する。

広場の真ん中には、深い深い穴が開いていた。念のため魔法で底を照らして見るが、動くものは何もない。魔族が跡形もなく消し飛んだことを確認できて、一安心だ。

「人間さん、凄すぎデス……！」

魔族にいたぶられていた、村長らしきドワーフさんが腰を抜かしたまま呟《つぶや》く。

「領主サマ、今日も随分派手にやりやしたねぇ！」

音を聞きつけて合流してきたのは、タイムロットさんだ。他にも逃げていたドワーフさん達を保護した村の仲間たちが、続々と村の広場に集合してくる。

僕は村長らしきドワーフさんに話しかける。

「もう大丈夫です。森に逃げたドワーフさん達も、僕の仲間が助けてくれています」

「人間さん、ありがとうデス。でも……」

ドワーフの村長さんの顔は暗いままだ。多くの仲間が亡くなっているし村も破壊され尽くしているのだ。無理もないだろう。

「みなさん、ドワーフさん達の遺体を広場に集めてください」

村の仲間と生き残ったドワーフさん達が、遺体を粛々と運ぶ。

「人間さん、どうかみんなをあの深い穴に埋葬《まいそう》するのを手伝って――」

「超上位死者蘇生魔法〝ヘヴン・ゲート〟発動」

空が割れて、天から橙色の光が亡くなったドワーフさん達へと降り注ぐ。

「「……?」」

死んでいた数十人のドワーフさん達が起き上がる。

「みんな、生き返った……？　嘘デス……」

「嘘ではありませんよ。女神アルカディアス様の使いであるメルキス様に掛かれば、一度に数十人を蘇生する程度造作もありません。さぁ、共にメルキス様を崇《あが》めましょう」

「リリーさん、崇めないでくれ」

【根源魔法】を託し人類を救ってくれと女神アルカディアス様から頼まれている以上、神の使いというのはまぁ間違いではない。が、崇められるのは違う。

――こうして、僕達はドワーフの村の住人全てを助けることができた。

「「人間さん達、ありがとうデス」」

ドワーフさん達が一斉に揃って頭を下げる。

「人間さん達が助けてくれなければ、全滅していました」

「ありがとうデス、本当に、本当にありがとうデス！」

何度も、何度も頭を下げる。

村は見る影もなく破壊されてしまったが、ドワーフの皆さんを助けられてよかった。

「ドワーフさん、魔族は何故この村を襲って来たのかわかりますか？」

「魔族は、この土地に何か用があったらしいのデス。さっき人間さんが倒した魔族がぼく達を攻撃している間、別の魔族が何か魔法を使って、土地に何かをしていたのです」

「土地に？」

僕はその場で何度か足踏《あしぶ》みしてみる。別に、変な魔法がかかっているという雰囲気はない。

「カエデ、何かわかるか？　毒がまき散らされていたりするとか」

カエデが音もなく、ひざまずいた姿勢で現れる。

「わ！　急に人間さんが増えたです」

「どこから出てきたデス⁉」

シノビの中でも、特にカエデは動きが俊敏《しゅんびん》だ。初めて見たなら驚くのも無理はない。

「ご報告します。私は毒のエキスパートですが、特にこの土地に毒のようなものは感じません。また、部下のシノビも使って先ほどから調べていますが、特に罠のようなものは見つかっていませんね」

ということは、何か良からぬモノを置いていった訳ではないのか。

ならばこの土地に元々あった〝何か〟を奪っていったのだろうか？

「ドワーフさん達が知らない、この土地にあった〝何か〟を魔族は奪っていったと考えるのが妥当か

「……」

「仰《おつしや》る通りかと」

カエデがひざまずいたまま肯定する。

「〝何か〟を奪った魔族は、先に帰って行ったのデス。きっともう遠くへいってしまったのデス」

「いや、僕の村のシノビ達ならまだ追いつけるかもしれない。カエデ、他のシノビさん達と一緒に追跡してくれ」

「承知しました」

カエデと、近くにいたシノビさん達がまた音もなく消える。

僕の魔法によって強化されたシノビさん達の索敵《さくてき》能力は凄い。もし見つけられたなら、追って魔族の本拠地の場所を突き止められるかもしれない。

魔族がこの村にあった〝何か〟を使って企みを進めているなら、きっとよからぬ事だ。何としても阻止しなくてはならない。

それに、魔族はいくつかの派閥に分かれていると言っていたが、今回の派閥と父上を誘拐した派閥が同じ拠点にいる可能性はある。父上を取り戻すにも、今回の魔族を追跡するのが最短だろう。

「さて、魔族の方は一旦シノビ達に任せてと」

僕はあらためて破壊され尽くした村を見る。

住人は無事でも、村はとても住める状態ではない。さっきまで命が助かったことに喜んでいたドワーフさん達も、今は村の様子を見て途方にくれている。

そこで、僕はドワーフの村長さんにとある提案をすることにした。

「ドワーフさん、良ければ僕たちの村に来ませんか？」

「人間さん達の村にお引越し、デスか？」

ドワーフさん達はきょとんとしている。

「僕の村は、まだまだ発展中です。そして、できるだけいろいろな種族の村人がいる方が、できることも幅広くなると思うのです。どうでしょうか？」

ドワーフさんは、宙を見たままぽけーっとしている。

……やはり引っ越すのは嫌だったか？ 無理もない、慣れ親しんだ土地を離れるのはとても辛いだろう。

と、思ったのだが――

「「「喜んでお引越しするデスーーーー！」」」

ドワーフさん達が急に飛び上がり、満面の笑みで答えてくれた。

「助けてくれたうえに村に迎えてくれるなんて、人間さん達はなんて優しいデスか！」

「感謝感謝デス」

「人間さん達の村、楽しみデス！」

「では、よろしくお願いします。ドワーフさん」

僕はしゃがんで、ドワーフの村長さんと握手を交わす。

「この恩は忘れないデス！」

「お役に立ってみせるデス！」

「頑張るデス！」

こうして、ドワーフさん達が新たに村の仲間になった。

――数時間後。

僕は新たに村の仲間になったドワーフさん達を連れて、村に帰ってきた。

「人間さんの村、凄いデス……」

ドワーフさん達は、村に入る前から口をあんぐり開けて驚いている。見上げているのは、村を囲う防壁。王都にある城にも負けない立派な壁で、モンスターの侵入を固く拒《こば》んでいる。僕が土属性魔法を使って作ったものだ。

「凄い立派な防壁デス」

「どうやって作ったのデスか？」

「まるで城塞のようデス」

そして村に入ってからもドワーフさん達の驚きは尽きない。

「土地も豊かデス」

「こっちの異国風の庭も綺麗デス！」

「大きなニワトリもいるのデス」

好奇心旺盛なドワーフさん達は、村の施設を見るたびに大はしゃぎしていた。

中でも一番興味を示していたのは――

「ドラゴンさんのブレス、凄い炎デスー！」

「火力が段違いデス」

「もう一度炎を吹いてほしいデス！」

ドラゴン形態のナスターシャは、ドワーフさん達に大人気だった。

「見たこともない上質な炎デス！」

「この炎があれば鍛冶《かじ》のレベルがもっと上がるデス！」

「ウロコも素材に使いたいデス」

二階建ての家ほどの大きさがあるナスターシャの周りに、子供サイズのドワーフさん達がわらわら群がっている。

「メ、メルキス様ぁ〜。これは一体どういう状況なんでしょうか……？」

涙目のナスターシャが救いを求めるような目で聞いてくる。

「ドワーフは、鍛冶が得意な種族なんだ。きっとナスターシャのブレスが、ドワーフの鍛冶魂に火をつけたんだよ」

「その通りデス」

「早く剣が打ちたいのデス」

「うずうずしてきたのデス」

ドワーフさん達が、今度は僕の前に集まってくる。

「「「というわけで、早速領主様の剣を打ち直させてほしいのデス！」」」

鍛冶魂に火がついたドワーフさん達が、僕の腰の剣を見ながらうずうずしている。

「それはいいけど、なんで最初に僕の剣なんだ？　他にも剣を持っている冒険者さんは沢山いるのに」

「「それは、領主様の剣が壊れかけているからデス！」」

「!!」

まさか、そこまで見透かされているとは。

王都闘技場での魔王パラナッシュ戦で、僕の持つ〝宝剣ドルマルク〟は折れかけた。村の鍛冶師さんに直してもらったものの、ダメージは根深く残っている。

より質の良い剣に買い換えればよいのではないかとも考えた。しかしそんな予算はないし何より、これ以上の強度を持つ剣などそうそう見つからないと思っていたからだ。

「ワタシ達ならその剣を、今よりもずっと強くできるのデス！」

「お役に立ちたいのデス！」

ドワーフさん達が、僕に目で訴えてくる。視線からドワーフさん達の熱意が伝わってくる。

「私達ももちろん協力するよ！　ドワーフさん達、メルキスの剣を誰も見たことがないくらい強くしちゃってね！」

いつの間にか、マリエルが村のみんなを連れてきていた。

「というわけで！　メルキスの剣強化プロジェクト、始めるよー！」

「「おおー!!」」

こうして村人一丸となっての剣の打ち直しプロジェクトが始まった。

◇◇◇

「はい、ここに新しく鍛冶工房を建てます！」

マリエルが、図面を片手に冒険者さん達に指示を飛ばす。彼女は王都にいた頃に、王女として政治・経済・都市工学など、領地を治めるためのあらゆる知識を叩き込まれている。こうして村に新しい施設を建てるときにはとても頼もしい。

「ふっふっふ。こんな風に新しい施設を建てることもあるだろうと思って、この辺りはスペースを余分に確保しておいたんだ」

マリエルが腕を組んで得意げに笑う。

「なるほど。この辺り、やけに通りが広すぎないかと思っていたけどそういうことだったのか」

マリエルの村の発展を先読みする技術は凄い。おかげで、既に建っている建物を撤去したりせず新しい建物を追加できる。

「まだまだ、こんなものじゃないよ。メルキスの力でこの街はもっともっと発展すると思ってるからね！」

僕の肩を叩きながらマリエルが言う。それは少し、買いかぶりすぎだと思うのだけれど……。

こうして村の工事が始まった。

マリエルが効率良く指示をだして、冒険者さん達がナスターシャ製の耐火レンガを積み上げていく。

こうしてたったの三日で、鍛冶工房が建った。

鍛冶工房は、温泉のお湯を沸かすための窯《かま》と併設されている。ドラゴン形態のナスターシャが入るためのスペースも確保済だ。

ナスターシャが頭の向きを変えるだけで、温泉と鍛冶場どちらに炎を送るか切り替えられる仕組みになっている。

「お待たせニャ！　あちこちの国を飛び回って、領主様の剣のための材料を調達してきたのニャ！」

旅に出ていたキャト族さん達が戻ってきた。肉球のついた小さな手で、荷物をほどいて見せてくれる。

「おお、これはミスリルデス！」

「こっちにはアダマンタイトもあるのデス！」

「こんなに沢山のミスリルとアダマンタイトを見たのは初めてなのデス！」

同じくらいの大きさのキャト族さん達とドワーフさん達が話している姿は、なんだかとてもほほえましい。

ミスリルやアダマンタイトのような伝説級金属は滅多に市場に出回らず、出回ったときでも爪の欠《か》片《け》《ら》ほどの大きさしかない。

だがキャト族さん達が持ってきてくれたのは、子供の握りこぶしほどの大きさがある。これほどの大きさのものは、市場に出回ったことさえないだろう。

「このミスリルとアダマンタイトは、とある小さな国が国宝として極秘に保管していたのニャ！　情報網を駆使してありかを突き止めたのニャ！」

キャト族さんが胸を張って得意げに報告してくれる。

「そんなものを、よく手に入れられましたね」

「もちろん、お金では売ってくれなかったのニャ！　交渉して、国を脅かすモンスター退治と引き換えに譲ってもらったのニャ！」

「はい。我々で、年に一度街を襲いに来る山の主の住処を突き止め、成敗してまいりました」

キャト族さん達と一緒に、いつの間にかシノビさん達も数人立っていた。

「キャト族の皆様と力を合わせ、山の主の住処である洞窟を突き止め、何重にも罠を掛けることで討ち取ることができました。あの国も、これで安泰でしょう」

どうやら僕の知らないところで、凄い戦いを繰り広げていたらしい。

「頑張って取ってきたミスリルとアダマンタイト、領主様の剣にたっぷり使ってほしいのニャ！」

「こんなに貴重な金属を沢山使っていいなんて、贅沢デス！」

「剣を打つのが楽しみデス！」

ドワーフさん達も、これほどの量の伝説級金属を扱うのは初めてらしい。

一体どんな剣になるのか、今から楽しみだ。

「領主サマ、俺たちも気合入れてモンスターの素材取ってきやした！」

モンスター狩りに出かけていたタイムロットさん達も戻ってくる。

火事をするのに必要なのは、ハンマーだけではない。鍛冶の熱に耐える、防護服も必要なのだ。ドワーフさん達の元々持っていた防護服は村と一緒に燃えてしまったので、新しいものを作る必要がある。そのために必要なモンスターの毛皮を取りに行ってもらっていたのだ。

「凄いデス！　ミノタウロスの毛皮もあるデス！　これなら、元々持ってたものよりずっと良い防護服が作れるデス！」

ドワーフさん達がはしゃぎながら防護服作りに取り掛かっていく。器用な手つきで、見る見るうちに毛皮を縫い合わせていく。

「「領主様！　最後に、剣の性能をすっごく上げることのできる〝あの素材〟が欲しいのデス！」」

ドワーフさん達が僕の周りに集まって見上げる。

「〝あの素材〟というのはなんですか？」

「ドラゴンの逆鱗《げきりん》デス！」

「ドラゴンの喉に一枚だけ生える、特別な鱗《うろこ》デス」

「剣の仕上げに使うのデス。逆鱗の質によって、剣の出来栄えが大きく変わるのデス。上位のドラゴンの逆鱗であるほど、質が良くなるのデス」

僕が尋ねると、ドワーフさん達が元気に答えてくれた。

ドラゴンの逆鱗。聞いたことがある。ドラゴン一体につき一枚しかとれないという、希少素材中の希少素材。下級ドラゴンの素材でさえ一枚数百万ゴールドという高値で取引される。

そして、極まれに人間の言葉を話すドラゴンとの交渉に成功して、無傷の状態で逆鱗を受け取ることができるケースがあるという。

この場合、さらに取引価格は跳ね上がるというのだが……。希少すぎて一般市場には出回らないので一体いくらになるのかさえ不明だ。

「というわけで。ナスターシャさん、逆鱗くださいデス」

「レインボードラゴンの逆鱗さえあれば、凄い剣が作れるのデス」

人間形態のナスターシャがまた、ドワーフ達に囲まれている。

「ひぃぃぃ。怖いですぅ。逆鱗はせめて、メルキス様が抜いてくださいぃ～」

ドワーフ達に追われて、ナスターシャが僕にしがみついてくる。

「わかった。ドワーフさん達、一度離れていてください」

ナスターシャがドラゴン形態に変身して、仰向けに寝っ転がる。

「すぐに終わらせてくださいねぇ……」

ナスターシャは目をつぶり、震えながら両手を胸の上で組んでいる。

「ごめんナスターシャ。できるだけ痛くないようにするから」

喉元を探すと、他のものより一層輝く鱗があった。

「いくぞ。三、二、一……」

鱗の生えている方向に逆らわず力を込めると、あっさり鱗が取れた。

逆鱗が、僕の手の中で虹色に輝いている。その美しさに、周囲の人達が感嘆《かんたん》の声を漏らす。

「うう、痛かったですメルキス様……！　チクっとしましたぁ……」

ナスターシャが喉元を押さえている。

「よしよし。ありがとうナスターシャ」

僕は人間形態に戻ったナスターシャの喉に回復魔法を掛ける。

「ありがとうございます。あの、しばらくさすっていてもらえますか……？」

雷に怯える子犬のようにしがみついてくる。もう大丈夫だと思うのだが、突き放すのもかわいそうなので、僕はナスターシャの白い喉をさすり続ける。

「こここれがレインボードラゴンの逆鱗デスか！」

「やはり力を感じるのデス！」

「ありがとうデスナスターシャさん！　ワクワクしてきたデス！」

一方のドワーフさん達は、珍しい素材を手に入れて小躍りしながら喜んでいる。

「むむむ。メルキスとナスターシャちゃんがベタベタくっついてる。これは私の婚約者としての面子がピンチ。私もメルキスにくっついて、婚約者としての立場を周りに示さなければ」

などと言って、後ろからマリエルもくっついてくる。

腰に手を回し、後ろから抱き着かれた。親に甘える子供みたいな格好になっているのだが、王女としてこれは良いのだろうか。

あらためて見ると、マリエルの手は小さくて白くて柔らかい。

「……」

触感が面白いので、手の肉をつまんでみる。

「こーらー。つまんではいけません」

怒られてしまった。

ともかく、これで準備は整った。これからいよいよ、剣を打ち直す作業が始まる。

「では、いよいよ剣の打ち直しを始めるデス！」

「頑張るデス！」

「お役に立ってみせるデス！」

ドワーフさん達が、身体より大きなハンマーを持ち上げて気合を入れる。

実はドワーフというのは、小さな身体に似合わず力持ちな種族である。

それに加えて、今のドワーフさん達は、僕の魔法によって刻印を刻んで身体能力が大幅に向上している。

元々の〝刻印魔法〟には『刻印を刻んだ相手の命令に逆らえなくなる』という大きなデメリットがあったのだが、別の魔法と掛け合わせることでデメリットを回避することに成功している。ちなみに、今では村の仲間の刻印も全てデメリットなしのものに変更している。

パワーが一〇倍以上になったドワーフさん達が、どんな剣を打ってくれるのか楽しみだ。

「いきますよぉ～！」

ドラゴン形態のナスターシャが炎を吐き、蒼色の炎が炉に入ってくる。

「何度見てもいい炎デス」

「さぁ、いくデスよ。ドワーフ式の剣作りの始まりデス！」

ナスターシャの炎にくべると、剣が白熱する。防護服で身を守るドワーフさん達が、交代で剣を持つ。

同時に、〝るつぼ〟に入れたミスリルとアダマンタイトの塊も加熱する。

「ドワーフの一族に代々伝わるるつぼデス。どんな熱を加えられても、絶対に溶けないのデス」

「ミスリルやアダマンタイトを加工するには、このるつぼが必要なのデス」

炎によって、剣は溶け始めている。だが、ミスリルとアダマンタイトはまだまだ。流石伝説級金属、凄い耐熱性能だ。

「ナスターシャさん、もっとパワーを上げてほしいデス！」

「わかりましたぁ〜」

炎の勢いがさらに強くなる。ここでようやくミスリルとアダマンタイトが溶け始める。

「熱い、熱いデス！」

「ミノタウロスの防護服があってもこれは、耐えられないデス！」

ドワーフさん達が熱がっている。これでは、作業を続けられない。

「我に任せよ」

そう言ってやってきたのは大賢者エンピナ様だ。

見た目は一二か一三歳程度の少女だが実年齢は優に一〇〇〇年を超える。三〇〇年前の魔族との大戦にも名を残している英雄である。

魔法の達人で、複数属性の魔法を同時発動することができる。

王都武闘大会で僕と戦い、ボクのギフト【根源魔法】に大いに興味を示し、僕に魔法を教えるためにこの村にやってきた。

今では村の図書館も管理してくれている。

「我がドワーフ達の身体を冷やそう。氷属性魔法、〝サモン・アイスフェアリー〟」

大賢者エンピナ様が、魔法で氷の妖精を呼び出す。氷の妖精が、ドワーフにだけ当たるように、氷の息を吐く。

「凄いデス！　涼しいデス」

「これなら作業を続けられるデス！」

ドワーフさん達は元気を取り戻して作業を再開する。

根気強く火にくべ続けると、ついにミスリルとアダマンタイトがるつぼの中で完全に溶ける。

溶けた剣とミスリルとアダマンタイトを、剣の型に流し込む。型の中で金属たちが融け合っていく。

「さぁ、ここからが忙しいデス！」

「ミスリルとアダマンタイトが混ざった鉄は、性質が大きく変わるのデス！」

「熱い状態から急に冷まされると、温度差が大きいほど強度が増すのデス！」

「これを繰り返すことで、とてもとても強い剣になるのデス！」

ドワーフさんが、剣を冷ますために水槽につける。

だが――

〝ジュワァァ!!〟

水槽にたっぷり張っていた水が、一瞬で蒸発してしまう。

「しまったデス！　普段よりも高い温度で加熱していたので、水が一瞬で蒸発してしまったデス！」

「計算違いデス！」

「これでは剣を冷やせないデス！」

ドワーフさん達が頭を抱える。

「任せてください。今度は僕が手伝います。氷属性魔法〝ブリザード〟と氷属性魔法〝アイスニードル〟を融合。〝吹雪と氷塊の絶対零度〟」

剣を、白い霜が包んでいく。

僕が使ったのは、氷属性魔法二種類を融合させた魔法だ。範囲が極めて狭い代わりに冷却力を限界まで高めた融合魔法で、剣を一気に氷点下まで冷やす。

「流石領主様、凄い冷却デス」

「これなら水で冷やすよりも強度がアップするのデス！」

ドワーフさん達が、今度は冷えた剣をハンマーで叩いていく。

「冷えた状態の剣を叩くと、金属の結晶構造が整って強い剣になるのデス」

「しかもワタシは、『ハンマーで叩いた回数が多いほど金属の強度が上がる』というギフトを持っているのデス」

「ワタシは『強く叩くほど金属の強度が上がる』ギフトなのデス！　そしてワタシの腕力は領主様の魔法のおかげで一〇倍以上になっているのデス！」

「ワタシは『作った剣の強度が高いほど切れ味が上がる』ギフトデス！」

「ワタシは、剣に『切れ味が良いほど剣の持ち主のパラメータを上げる』力を与えるギフトを持っているデス！」

様々なギフトを持つドワーフさん達が代わる代わる剣をハンマーで叩いていく。ハンマーが剣と衝突するたび、不思議な光が発生する。あの瞬間にきっとギフトが発動しているのだろう。

「それだけの種類のギフトの力を与えられたこの剣、一体どうなっちゃうの……？」

剣を作る様子を見ていたマリエルが戦慄《せんりつ》する。

ドワーフさん達が剣を叩くと、またナスターシャの炎で白熱するまで熱し、僕が氷点下まで冷やし、またドワーフさん達がハンマーで叩く。

これを繰り返す。

熱し、冷やし、叩く。
熱し、冷やし、叩く。
熱し、冷やし、叩く。
熱し、冷やし、叩く。

この作業は、なんと丸一日続いた。そしてようやく剣の素体が完成する。

僕を含め、全員へとへとだった。

「いよいよ、今から研磨《けんま》して刃をつけるデス。そして、最後にレインボードラゴンの逆鱗を使って表面にコーティングをするデス」

仕上げ専門のドワーフさんが、慎重に作業していく。

――こうして、遂に剣が完成した。

「さぁ、早速試してみてほしいデス！」

と言って、ドワーフさんが剣を――マリエルに渡した。

「え、私が試すの⁉」

剣を渡されて、驚くマリエル。

「そうデス！　領主様が試したら、どんな剣を使ってもなんでも斬れてしまうのデス。試し斬りの意味がないのデス」

ドワーフさんたちが当たり前のように言う。

「確かに。メルキスなら、安物の剣で丸太でも石でもなんでも斬っちゃうからね」

「わっはっは！　ちげぇねぇ！」

「その通りだと思うのニャ」

「ボクも同意だ。メルキス君の剣技は完璧だからね。あの剣筋……思い出すだけで身体が熱くなってしまうよ」

村人さん達が一斉に同意する。

「どんな剣を使っても斬れる、は大袈裟《おおげさ》だってば……」

試し斬りのため、僕たちは訓練場へ移動した。

「マリエル様、試し斬りにコレを使うのはどうですかい」

タイムロットさんが、巨大な斧を持ってきた。

かつて村を襲ってきたモンスターの大群のボス。あの黒いミノタウロスの持っていた斧だ。

「これを斬るには相当な切れ味が必要ですぜ。試し斬りの相手に丁度いいでしょう」

タイムロットさんが、斧を平たい岩の上に乗せる。

「じゃあ、いっくよー！」

マリエルが剣を構える。彼女は剣や武術に関する修行は一切していない。子供のころ僕とチャンバラをして遊んだことがあるくらいだ。完全に剣の素人だと言っていいだろう。

「えいっ」

マリエルが素人らしいフォームで剣を振り下ろすと。

〝ストン！〟

軽快な音がした。

「あれ？　手応えがなかったよ？」

マリエルは、不思議そうに剣を振り下ろした斧を確認する。

斧は、真っ二つになっていた。斬られた断面は、まるで磨き上げられた鏡のように滑らかだ。

どころか。

〝パカッ……〟

置き台にしていた、平らな石も真っ二つになっていた。

「えええ!?　そこまで斬るつもりなかったのに！」

石の断面も、磨き上げられたかのように滑らかだった。

素人のマリエルが使っただけでこの切れ味。これを、剣の道を歩んでいる僕が使ったらどうなってしまうのか。今この場で僕が試し斬りをしても無意味だろう。間違いなく、この場にあるもの程度ならなんでも斬れてしまう。

「はいどうぞ、メルキス」

少し恐ろしくなりながら、僕はマリエルから剣を受け取る。

途端に、身体に力がみなぎる。

ドワーフさんの『剣の切れ味が良いほど持ち主のパラメータを上げる』ギフトの効果だろう。

「凄い、体感でパラメータが三倍、いや四倍以上になっている……！」

軽く振ると、恐ろしく手に馴染む。まるで何十年も使ってきたかのようだ。身体の一部にさえ感じられる。

剣の表面を眺めると、うっすらと虹色に輝いている。仕上げにレインボードラゴンの逆鱗を使っているからだろう。

「そういえば、名前を決めていなかったな……。元が〝宝剣ドルマルク〟だったから、刀身の色味から取って〝虹剣《こうけん》ドルマルク〟でどうだろう？」

「いいネーミングするじゃない、メルキス」

名前について、マリエルのお墨付きをもらえた。

「皆さん、ありがとうございます。お陰で最高の剣ができました！」

僕が剣を高く掲げると、村の仲間から拍手が湧き上がる。

この後、ドワーフさん達には他の人の剣も打ち直してもらった。

ミスリルとアダマンタイトは僕の剣に使ってしまったのでもうない。だが、ただの鉄でもナスターシャの炎とドワーフさん達の腕前によって鍛えられれば、性能は跳ね上がる。

◇◇◇

一週間後。

村の武器の水準は大きく向上した。

宝剣級以上の性能を持つ剣が、そこら中にゴロゴロ転がっている。耐久性も上がったので、これで訓練中に武器を壊してしまう心配もない。

「シノビさん達ー！　手裏剣の試作品ができたデス！」

「こんな形の武器、初めて作ったデス」

「試してほしいデス！」

ドワーフさん達が、意気揚々《いきようよう》と訓練場にやってきた。手に持っているのは、シノビさん達が普段使っている飛び道具〝手裏剣〟だ。

「おお、ありがとうございます」

カエデが屈んでドワーフさんから手裏剣を受け取る。

「では、早速試させていただきます。とうっ」

訓練場の丸太に向かって、カエデが手裏剣を投げる。手裏剣は丸太に向かって飛んでいき――

〝スパンッ〟

真っ二つに両断した。

「えっ」

手裏剣の勢いは止まらない。そのまま、奥に立ててあった丸太をスパンスパンと連続で斬っていき、誰かが魔法で作り出した岩にぶつかる。

〝ズバッ！〟

巨大な岩に深い切り傷を刻んで、ようやく手裏剣は止まった。

「おおー、破壊力満点デス。重量バランスも問題なさそうデス」

「もっと切れ味があってもいいかもしれないデス。鉄を加熱する時間と叩く回数をもっと調整したら、切れ味はまだまだ上がりそうデス」

「賛成デス。早速工房に戻って改良版を作るデス」

などと話しながら、ドワーフさん達は戻っていった。

どんな風に次の手裏剣を作るか相談しているドワーフさん達の顔は、とてもイキイキしていた。

一方のカエデは、

「いえ、切れ味は良いことに越したことはないのですが……なんというか、手裏剣はこういう武器ではないのです。もっとこう、相手の急所にスマートに当てて戦闘不能にする武器なのです……。決して切れ味が良すぎて困るわけではないのですが……」

複雑そうな顔をしている。周りにいるシノビさん達もうなずいている。

シノビの皆さんは大半が魔族捜索に出かけているが、休憩のために交代で村に戻ってきている。ただし休みの日でも身体がなまらないよう、基礎訓練はしっかり行っているのだ。

複雑そうな顔をしながら、それぞれ普通の手裏剣の訓練へと戻っていった。

「手裏剣……カッコイイのニャァ……！」

そして、その手裏剣の訓練の様子を、後ろでキャト族の皆さんが目を輝かせながら見ていた。

その気持ち、よくわかる……！

極東大陸のシノビ達の扱う道具は、この大陸にはない独特の雰囲気があり、渋いというか格好いいのだ。

「カエデ、よかったらキャト族の皆さんに手裏剣の扱いを教えてあげてくれないか？」

「ニャ!?　いいのですか領主様!?」

キャト族の皆さんが尻尾をくねくねさせながら喜ぶ。

「もちろん構いませんとも。ではまず、基本の構えから――」

こうしてカエデをはじめとするシノビさん達による、キャト族さん達への手裏剣講座が始まった。

「実は以前より、キャト族にはシノビの才能《ギフト》があると感じておりました」

投げ方のフォームを教えながらカエデが口にする。

「キャト族とは、腕力は弱いですが小柄でとても素早く夜目も利く。オマケに耳も良いと、隠密活動を基本とするシノビととても相性が良いのです」

「ニャニャ！　確かにそうかもしれないのニャ！」

「考えたこともなかったのニャ！」

明かされた意外な才能《ギフト》に、キャト族は大興奮だった。

「そして今知ったのですが、キャト族は意外と手先も器用です」

カエデがそう言いながらキャト族さんの肉球を触っている。

いいなぁ、僕もあの肉球触ってみたいんだよなぁ。

「主殿に許可さえ頂ければ、これからキャト族の皆様にシノビの訓練を受けていただこうかと思うのですが、如何でしょう？　キャト族のシノビは、必ず村の役に立つはずです」

「もちろんＯＫだ！　よろしく頼むよ、カエデ」

「承知いたしました。それでは早速訓練を始めましょう」

カエデが深くうなずく。

「やったのニャ！　ボク達もシノビになれるのニャ！」

「師匠、よろしくお願いしますニャ！」

キャト族さん達が大喜びでシノビの技を学び始める。

多くの種族が集まるこの村だからこそ、違う種族が交差することで新しい力が生まれることもある。

これからも、違う種族が協力することで何か新しい力が生まれないか、考えてみようと思う。

この日から、キャト族はシノビの訓練を受けるようになったのだった。

……そして僕もどさくさに紛れて、手裏剣の扱いを教えてもらった。

一度使ってみたかったんだ、これ。

○○○○○○○村の設備一覧○○○○○○○
①村を囲う防壁
②全シーズン野菜が育つ広大な畑
③レインボードラゴンのレンガ焼き釜&一日一枚の鱗生産（一〇〇万ゴールド）
④大魔法図書館
⑤広場と公園
⑥華やかな植え込み
⑦釣り用桟橋
⑧極東風公園
⑨極東料理用の畑
⑩温泉&サウナ

⑪ドワーフの鍛冶場【New!!】
○○○○○○○○○○○○○○○○○○○○○○

二章

暑い日の水遊び

SAIKYOGIFT DE
RYOCHI KEIEI SLOWLIFE

——王宮にて。

一人の若い男が、国王の前にひざまずいていた。

王国騎士団長、クレモン・カルゼザ。騎士団最強の男だ。

糸目が特徴の、飄々《ひょうひょう》とした男である。

年は若いが、公式戦無敗。どころか、非公式の戦いでも誰も負けたところを見たことがないという。

まだ本気を出したことすらないという噂さえある。

「陛下、どないしはったんですか今日は？」

クレモンが軽いノリの、訛りのある口調で国王に語りかける。

「うむ。ある村の視察……というより、偵察を頼まれてほしくてな」

「かしこまりました。で、陛下。王国騎士団長の僕をわざわざお呼びになったということは、かなり危険度の高い村の視察なんですね？　極秘で近隣国の村の様子を見てこいとか、場合によっては盗賊の仕業に見せかけて村人全員始末してこいとか。任せてください。僕そういうの得意ですから」

クレモンは物騒なことをさらっと口にする。

「はっはっは。頼もしいのう。じゃが、そんな物騒な話ではない。ちとな、ワシの娘がいる辺境の村の様子を見てきてほしいんじゃ」

「王女様のいる村……ああ、マリエル様がザッハーク君の息子さん……メルキス君でしたっけ？　彼と一緒に田舎の村に引っ越しはったっていう件ですか？」

クレモンがなるほど、と言うように手を打つ。

「そうじゃ。武闘大会で魔王を倒したメルキス君のことは、ワシも高く評価しておる。ああ、お主は直接見ておらんのだったかな？」

「ええ。残念ながら、僕はその日王都門の警備にあたってましたもんで」

クレモンが後頭部をかく。

武闘大会の運営は、王国騎士団が取り仕切る。

しかし、面倒事が嫌いなクレモンは、

『武闘会の日は闘技場に王国騎士団が集中する分、王都の門の警備が薄くなる。外敵に備えるため、王国騎士団長が防衛にあたる必要がある』

という決まりを作り、のんびりと誰も攻めてこない王都の門でくつろいでいた。

これが騎士団長のサボりであるというのは、騎士団の中では公然の事実である。

しかし、

『門の守りが薄くなるのは実際本当だし、クレモン団長がいれば安心だよな』

『そもそも、クレモン団長戦い以外はからっきしだから、武闘会運営にはいても役に立たないしな』

『むしろ下手な指示を飛ばされるより、いない方がスムーズに運営の仕事ができるしな』

などの理由で誰も文句を言わない。

「というわけでクレモンよ。お主の目で見て信用のおける者を連れて、メルキス君の村をこっそり見てきてもらいたいのじゃ。ワシ個人としてはメルキス君を信用しておる。だが、国王としてあれほどの戦闘力を持つ者を、放っておくわけにはいかん。いくらマリエルが隣にいると言ってもな」

「わかりました。任しといてください」

と、自分の胸を拳で叩くクレモン。

「まぁ、いろいろ言ったがワシは安心したいんじゃよ。一欠片の心配もなく、メルキス君を信用したい。そのための偵察じゃ」

そう言って国王は笑う。

「わかりました。陛下にそこまで言わせるとは、大したもんですねメルキス君は」

「よいかクレモン。くれぐれも、正体を明かさず、村のありのままの様子を見てくるのじゃぞ」

国王が念を押す。

「わかってますて。ほな、行ってきます」

こうして、王国騎士団長クレモンがメルキスの村を偵察しに来ることとなった。

◇◇◇

——メルキスの村の近くの森の中。

一台の馬車が、村に向かって走っている。

馬車の中には二人の男女が座っている。

「いやー、ほんまに辺境やねぇ。マリエル様もよくこんなド田舎に引っ越しはるわぁ。よっぽどメルキス君のことが好きなんやねぇ」

ハムのサンドイッチを口にしながら、王国騎士団の団長クレモンが軽口を叩く。

「団長。仕事中なのですからお酒は控えてください」

〝バシッ！〟

クレモンの向かいに座っていた若い女が、ウォッカの瓶に手を伸ばそうとしたクレモンの手をはたく。

彼女の名はローラ。クレモンの補佐官である。

剣術以外はからっきしでだらしないクレモンの世話を焼くのがおもな仕事で、陰から騎士団を支えている重要人物である。

「冗談やって。不完全とはいえ、復活した魔王を一人で一方的に倒したメルキス君。折角そんな男に会えるのにお酒なんて飲むわけないやん？」

クレモンが叩かれた手をひらひらと振る。

「……団長、まさかメルキスさんと戦うつもりですか？」

「んー、どないしよかなぁ。僕、平和主義者やから無駄な戦いとかしたくないねんけどなぁ。折角の機会なんやから手合わせくらいしとかないかんかなぁって」

「平和主義、ですか。どの口が言うんですか」

ローラは、クレモンの薄っぺらいへらへらした笑顔が一瞬はがれて、本性である獰猛《どうもう》な笑みが露《あらわ》わになったのを見逃さなかった。

「手合わせはいいですけど、怪我などさせないようにしてくださいね？　メルキスさんはマリエル様の婚約者で、国王陛下のお気に入りでもあるんですから」

　真面目なローラがしっかりと念を押す。

「大丈夫やって。ほら僕、一度も練習試合で相手に怪我させたことないやん？　副団長のザッハーク君も含めて」

「それは、そうですが……」

　そう言われると、ローラは何も言えなくなってしまう。

　練習試合において、戦いが激しくなると怪我のリスクが高くなる。相手に怪我をさせたことがないというのは、相手より圧倒的に実力が上で、試合運びを冷静にコントロールする余裕がある証拠である。

（本当に、団長は底がしれないですね……）

　と、ローラは心の中で呟く。

「じゃあ、正体を隠すために役作りしよか。僕は大陸を旅しながら修行をする剣士。ローラちゃんはお兄ちゃんのことが大好きな僕の妹、これでどうや？」

「却下です。修行の相棒とかそんな設定でいいでしょう」

　ローラが真顔のまま突っぱねる。

「えー。つれへんわぁローラちゃん」

　ぶーぶーと抗議するクレモンを無視して、ローラは卵のサンドイッチをかじっている。

　そして、馬車が村に到着した。

◇◇◇

「ここがメルキス君の治める村か。ええ村やねぇ……いや、良すぎひん？」

村に到着し、門番に『盗賊ではない』と判断された王国騎士団クレモンとその補佐官ローラは、村の中に通されていた。

そして、その光景に圧倒されていた。

「通りは広いしキッチリ舗装されてるし、家は綺麗やし……まるでちっさくなった王都やでこれは」

「私も驚いていています。マリエル様は領地経営の技術が凄いと聞いていたのである程度栄えていると予想はしていましたが。まさかこれほどとは」

二人はおずおずと村の中を歩く。そのとき、クレモンの耳が金属音を捉えた。

「お、今剣と剣がぶつかる音が聞こえたで。訓練場があるんやね、見に行かな！」

クレモンが子供のようにすったかたと駆けだす。

「ああもう！　あなたという人は！」

文句を言いながらローラは追いかけていく。

「お。見ない顔っスね。旅の人っスか？」

訓練場に着いた二人を迎えたのは、若い冒険者だった。

「ええ。旅をして剣の腕を磨いている者です。よろしゅうお願いします」

「おお、お兄さんも剣士なんスね？　良かったら、手合わせしていくっスか？」

「ええんですか？　僕、こう見えて結構強いんですよ」

クレモンが軽薄な作り笑いを浮かべる。

（結構強いどころか、王国イチでしょうが！）

と、クレモンの隣にいるローラが心の中で突っ込んでいた。

「じゃあ早速始めるっス！　アブないんで、練習用の刃のない剣を使うっス」

そう言って、若い冒険者が練習用の剣を投げてクレモンに渡す。

「おおきに——なんやコレ⁉」

剣を握った瞬間。クレモンの全身を衝撃が駆ける。

（完璧な重量バランス。そしてこの異常な軽さ。この剣、刃を付けたら国王陛下から賜《たまわ》った僕の剣よりも良い剣になるんちゃうか……⁉）

驚きを通り越して、クレモンは感動すらしていた。

「ホンマ、凄いわ……！」

「？？　手合わせはまだ始まってないっスよ？」

両者が剣を構える。

瞬間、クレモンを新しい衝撃が襲う。

（なんや、この圧力……⁉）

クレモンはこれまでの戦闘経験から、剣を構えた相手の実力を正しく推し量ることができる。だが、今のクレモンは相手の若い冒険者の実力をまるで測れずにいた。

いや、正しくは測れないのではなく『強い』という情報以外が入ってこないのだ。

クレモンは、自分の手が震えていることに気づく。

(なんやこれ……？　なんで僕の手ぇ震えてるんや？)

向かい合っている村の若い冒険者の姿が、途方もなく大きく感じる。背中から汗が噴き出して止まらない。

クレモンは、冷静に状況を分析する。

(ああそうか、コレが〝恐怖〟か)

自分より強い相手に出会ったことがないクレモンは〝恐怖〟という感情を味わったことがなかった。

未知の感情と、自分より強い相手との邂逅にクレモンは胸を高鳴らせる。

「じゃあ、いくっスよー」

村の若い冒険者が、軽い掛け声とともに剣を打ち込んでくる。

(速――)

クレモンは、反射的に間一髪防御。続く連撃を、精妙な技術でさばき続ける。

(なんやこの男の剣！　速い！　重い！　ザッハーク君なんかと比べ物にならへんで！)

生涯不敗。【剣聖】のギフトを持つザッハークにさえ本気を出したことがないクレモンは今。相手の攻撃をしのぐだけで精一杯だった。

「そんな、クレモン団長が押されている……!?」

ローラが呆然と呟く。

「これはちょっと、本気出さなあかんね……」

クレモンは、後ろに跳んで間合いを取る。

「コレ外すんは、いつ以来やろね」

そう言ってクレモンがマントを脱ぎ捨てる。マントの肩当て部分が、〝ズシン〟と音を立てて地面にめり込んだ。

クレモンは、普段力をセーブするために錘《おもり》の着用を義務付けられていた。その重さ、なんと片側で二〇キログラム。常人なら身動きすらままならない重さである。

「あの錘を外したクレモン団長は、影すら追いつけないほど速いという――」

次の瞬間。ローラはクレモン団長を見失った。

クレモンの最速の一撃。それを――

〝ガキン！〟

「お、さっきより早くなったっスね」

若い冒険者はなんなく受け止めていた。

「何やて!?」

クレモンは何発も追撃を放つ。しかしそれらは全て、簡単に受け止め、いなされてしまう。

「一体、これはなんなんですか……？」

横で模擬戦を見ているローラは、何が起きているのか理解が追いついていない。

「このままじゃ、あかんわ……」

クレモンは再び後ろに跳んで間合いを取る。

「……なぁローラちゃん。僕の剣術、〝ライゾフ流〟っていうやん？　ホンマはな、そんな流派ないねん」

クレモンの顔からは、いつもの軽薄な笑みは消し飛んでいた。

「――え？　クレモン団長、何を言ってるんですか？」

「あんなもん、適当にそれっぽく剣振って適当な名前つけてただけや」

そう言ってクレモンは剣を片手持ちから両手持ちに切り替える。

「こっから先は、陛下にも見せたことないねん。ローラちゃん、これ黙っとってな」

クレモンが細い目を見開く。そして、さっきとはまるで違う構えを取った。

「これが僕の本当の剣術や」

「クレモン団長のあんな構え、見たことない……」

ローラの声は震えていた。

「この流派に、名前はあらへん。教えても、相手はみぃんなすぐに死んでまうから付ける意味ないねん」

クレモンの身体から凄まじい殺気が放たれる。離れた場所から見ているだけのローラでさえ、恐怖で全身の震えが止まらないほどだ。

一方、クレモンに向き合っている村の若い冒険者は特に殺気を気にせず空いた手で頭をかいている。

「いくで。勢い余って殺してもうたら、堪忍な……？」

閃光。

クレモンの剣は一筋の光となって若い冒険者を襲う。

だが――

〝ガキン！〟

「おお、結構速いっスね！」

若い冒険者は、またも攻撃を受け止めていた。

音を超える速さと城門を穿つ破壊力を併せ持つ一撃を受けても、冒険者の持っている剣はビクともしていない。

クレモンは呆然としていた。

「よーし、俺もちょっと本気で行くっス」

「なんやて!?　まだ全力ちゃうかったんか！」

そこから、常人では残像しか捉えられないほどのスピードで剣戟の応酬が繰り広げられる。

そして――

「うっし、一本取ったっス！」

勝ったのは、村の若い冒険者だった。

「クレモン団長が、負けた……!?」

ローラは現実を受け入れられず呆けていた。

「……完敗や。これまで僕一度も負けたことなかったんやけどなぁ。君みたいな強い人初めて会ったわ」

クレモンは天を仰ぐ。彼の胸の中には無力感と悔しさ、そして、自分より強い相手と出会えた喜びが混ざりあった複雑な感情が渦巻いている。

「俺が強い……っスか？　そんなこと言ってもらえたの初めてっス！　光栄っス！」

若い冒険者は無邪気に笑う。

「へ？　言われたことあらへんの？」

「ないっス！　俺はこの村で中の下くらいっス！」

「「ちゅ、中の下……!?」」

クレモンとローラは目を白黒させている。

「うっす。冒険者の取りまとめやってるタイムロットさんは俺よりずっと強いですし、領主様は俺の一〇〇倍は強いっス！」

「「ひゃ、一〇〇倍……!?」」

クレモンとローラは驚きのあまり尻餅《しりもち》をついていた。

「ローラちゃん。世界って、広いんやねぇ」

「広いですねぇ」

クレモンとローラは、話を受け止めきれずしばらくぼーっと空を見上げていた。

「はじめまして、お二人が旅の剣士さんですね。話は聞きました」

そこへ、話題の中心人物であったメルキスがやってくる。

「僕がこの村の領主、メルキス・ロードベルグです。ようこそお越しくださいました。良ければ村を案内しますよ」

突然のメルキスの登場に、クレモン団長とローラが動揺する。

「おおきに。領主サマ直々に案内してもらえるなんてツイてますわぁ」

（まさかいきなりメルキス君が来るとは予想外やったわ。これはツイてるで……。今日は散々驚かされたことやし、もうこれ以上驚かされることあらへんやろ）

クレモンは、このときまだそう思っていた。

メルキスは、二人を連れて村を案内する。そして周りに他の村人がいないのを確認して、声を落として話を始める
「ええと、正体を隠していますけれど、お二人は王国騎士団団長と補佐官さんですよね？」

「「――!!」」

クレモンとローラが硬直する。

「うちの村の斥候《せっこう》は優秀で、森の中で怪しい馬車を発見したので詳しく調べて報告してくれました。失礼ながら、お二人の馬車の中でのやり取りについても聞かせてもらいました。食べていたサンドイッチの具まで調べて報告してくれましたよ。クレモン騎士団長がハム、ローラ補佐官が卵ですね？」

「あ、あり得ません！」

ローラが叫ぶ！

「私は単なる秘書ではありません！　これでも気配探知の訓練を受けてきましたし、成績は騎士団の中でトップです！　サンドイッチの具までわかるくらい近づかれて気づかないわけがありません」

ローラがムキになって言い切る。

「では、今ローラさんの後ろに何人いますか？」

「今ですか!?　そんなもの、いるわけ――」

「「「ニャ」」」

クレモンとローラが振り返ると、三人のキャト族が得意げに立っていた。シノビ達と同じく、黒ずくめの衣装を着ている。

「嘘……」

ローラは口をあんぐりと開けていた。

「我が村が誇る、キャト族のシノビ軍団です。キャト族の特性とシノビという職業がとてもマッチして、音を立てずどこにでも忍び込めますよ」

「そんな、この距離まで近づかれて気づかなかったなんて……」

自信をなくしたローラが膝から崩れ落ちる。

「もちろん、人間のシノビにも彼らにしかできないことがあります。皆さん、〝アレ〟を見せてあげてください」

メルキスが手を叩く。

すると、近くの物陰から人影が出てくる。現れたのは――

「――え、私!?」

姿かたちはローラと全く同じ。身長まで全く同じだ。

「クレモン団長！　私が本物のローラです！」

「何を言い出すんですかあなたは！　私が本物です！　騙されないでください！」

「え？　え、ええ!?」

二人のローラに同時に詰め寄られて、クレモンは混乱している。

「ちょっと待って、本気でどっちがわからんくなってもうた」

「何言ってるんですかこのへっぽこ団長!!」

ツッコミのタイミングまで全く同じである。

「「「団長、私が本物です！」」」

さらに通りの角から、一〇人以上のローラが押し寄せてくる。

「うっそやろ……!?」

一〇人以上のローラに囲まれて、クレモンは完全にパニックになっていた。

「では次、お願いします」

メルキスがまたパン、と手を叩く。

次の瞬間。大量のローラが大量のクレモンに変わっていた。

「え、団長が沢山……!?」

今度はローラが混乱する番だった。

「「「ローラちゃん、本物は僕やで？　ローラちゃんならわかるやんな!?」」」

全く同じ仕草でクレモン達がローラに訴える。

「……すみません団長。まっっったくわかりません！」

「「「そんな～」」」

全く同じ動作で落ち込んだ後、クレモン達が一斉にシノビ本来の姿に戻る。

「みなさん、ありがとうございました」

メルキスが手を振ると、一礼してシノビ達が一斉に退散していく。

「……凄いもん見たなぁ」

「ええ、凄かったですね……」

衝撃が抜けきらないクレモンとローラはぼーっと空を見ていた。

「ふふふ。すみません、刺激が強すぎましたかね？　でも、うちの村の手札をしっかりお見せしておきたいのです。それが王都からお越しいただいたお二人への誠意だと思いますので」

「凄すぎやで……これだけの諜報《ちょうほう》部隊抱えとったら、敵のかく乱なんておちゃのこさいさいやね。これだけの逸材を抱えてるんを隠さずに見せてくれるんは、視察としてはホンマにありがたいわ。……びっくりしたけど」

クレモンが頭の後ろをポリポリとかく。

「シノビの皆さんには伝えていますけど、他の村人達にはお二人の正体は伝えていません。その方が、村の普段の様子を見てもらえると思うので」

「お気遣い痛み入ります」

ローラが深々と頭を下げる。

「では、村の施設を案内していきますね」

メルキスは先に立ってクレモンとローラを案内していく。

「――メルキス君。これはアカンで。真っ黒や」

クレモンがにらみつけているのは、村の隅にある小屋だ。

「この小屋が、どうしましたか？」

「しら切ってもアカンで。これだけの数のこの強力な魔獣。見逃すわけにはいかへんなぁ」

そう言ってクレモンが指さすのは、小屋の中の突然変異コカトリス――通称巨大ニワトリだ。

「生物兵器やろ、これ？　こんなもん都市の真ん中に放ったら、どんな精鋭騎士団がいても間違いなく壊滅――」

「ああ、ここは家畜小屋です」

「「家畜ぅ!?」」

〝コケ――――!!〟

二人の声に張り合うように、巨大ニワトリが鳴き声を上げる。

「さっきから檻《おり》を蹴ってるあの脚力。普通の木なら一発で蹴り倒すだけのパワーがあるように見えるんやけど……」

クレモンが半ばあきれながら指を指す。

「はい。ついでに、目から石化光線も出してきます。0・3秒以上当たると石化します」

「「ニワトリ怖!!」」

クレモンとローラが縮みあがる。

「石化光線を撃ってきたら僕が防ぎますが、念のためあまり近づかないでください。あ、丁度一羽連れていかれるところですね」

メルキスの指さす方から、一人の村人が歩いてくる。

〝〝コケー!!〟〟

ニワトリ達が一斉に威嚇しながら石化光線を村人めがけて放つ。村人はそれを俊敏にかわし、あるいは手に持っていた鍋のフタで受け止めながら近づいていく。

そして檻の中に入り、一羽を捕まえて手際よく目元に布を巻きつけて運び出していく。

「うわっ……ホンマに家畜扱いしとる……あのやっばいモンスターを……」

クレモンはもはやあきれていた。

「そうだ、丁度いい時間ですしお昼ご飯にしましょうか」

そう言ってメルキスは、二人を極東料理の店に連れていく。

「いらっしゃいませ！　領主様、ようこそお越しくださいました！」

店内に入ると、店主であるシノビの一人が厨房《ちゅうぼう》から元気に声で出迎える。今はシノビの黒ずくめの服ではなく、割烹着《かっぽうぎ》姿だ。

「こんにちは。焼き鳥盛り合わせとご飯を、三人前お願いします」

「承知しました！」

店主が機嫌よく調理を始める。

「メルキス君、あの店主の顔見おぼえあるで。さっきのシノビの一人やん。なんで食堂の店主やってるん？」

クレモンがメルキスに耳打ちする。

「はい。普段はそんなに諜報の仕事がないので趣味も兼ねてお店を開いているシノビさんもいます。もちろん、シノビ一筋で食べていけるだけのお給料はお支払いしているのですが」

「余裕で王宮に潜入して誰でも暗殺できるレベルの諜報員が、食堂の店主って……」

クレモンはまたもあきれていた。

「はい、焼き鳥三人前です！」

三人の座るテーブルに、串が山盛りになった皿が運ばれてくる。

「見たことない料理やなぁ」

「この間に挟まっている茎《くき》のような植物も、初めて見ますね……」

クレモンとローラが、焼き鳥をしげしげと眺めていた。

「極東大陸の料理を作ってもらいました。使っている鶏肉はもちろん、さっきお見せした巨大ニワトリのものです。肉の間に入っているのは、ネギという茎のような野菜です」

「まぁ、鶏肉なんて焼いたらどれもみんな同じような味やし、マズイってことはあらへんやろ」

クレモンは、特に期待せずに焼き鳥を口にする。が――

「う、まあああぁ!?」

炭火で焼くことによる香りづけ。醤油をベースにしたタレの風味。クレモンにとって、どちらもこれまで体験したことのないものであった。

そして、鶏肉の間に挟まっているネギが鶏肉の脂っこさを和らげてくれる。

しかも使っている鶏肉がそんじょそこらの鶏肉ではない。突然変異コカトリスの肉を使っているのだ。

「こんなうまいもんがこの世にあったんか……!」

一緒に出された白飯も、どんどん減っていく。濃い味付けの焼き鳥と素朴な味の白飯の相性が、とても良いのだ。

あっという間に、クレモンの皿は空になった。

「どうですか、この美味しさを味わってもらえれば、あの突然変異コカトリスも家畜だと納得してもらえますよね?」

「……いや、まだそう言い切れへん」

「えっ」

クレモンの返事は、メルキスにとって意外なものだった。

「まだ調査は不十分や……。これはもっと調査の必要があるで。――というわけで、おかわりちょうだいな!」

「あ、団長調査にかこつけてズルいです！　私もおかわりおねがいします！」

二人が元気に注文すると、店主のシノビが嬉しそうに調理を始める。

「そういえば、僕は飲みませんが村の皆さんによると、焼き鳥はビールにも合うらしいですよ」

「なんやって⁉　アカン、そんなん聞いたら……そんなん聞いたら、喉渇いてきてまう……。これはビールとの相性も調査せなあかんね」

「だだだ駄目ですよ団長！　今は仕事中なんですから！　うううぅ、私だって本当はビール飲みたいですよぉ……」

恨めしそうな目をしながら、クレモンとローラは凄い勢いでお代わりの焼き鳥を平らげていくのだった。

食事を終えた三人は、次の村の施設へ向けて歩き出す。

そのとき、村中に〝ズシン〟という重い音が響く。地面を揺らしながら、足音とともに、通りの家の影からドラゴン形態のナスターシャが現れた。

「!!」

クレモンが腰の剣に手をかけ、ローラは魔法の詠唱を開始して戦闘態勢に入る。

一方のナスターシャは――

「きゃあああぁ！　村に知らない人間さんがいますうぅ！　しかも剣持ってます！　怖いですううぅ!!」

悲鳴を上げて、家の陰へ隠れてしまった。

「「――え？」」

クレモンとローラが目を丸くする。

「紹介します。あのレインボードラゴンはナスターシャといって。村の住人の一人です。臆病な性格で、人に危害を加えたりしないので安心してください」

メルキスに紹介されたナスターシャは、家の陰に隠れて震えている。

「ナスターシャ、こちらの二人はお客さんだ。怖がらなくても大丈夫だ」

「ほ、本当ですか……？」

ナスターシャが恐る恐る家の影から顔を出す。

「いや、怖がるべきは本当はこっちやねんけどな……？」

クレモンとローラは呆れていた。

次にメルキスが二人を案内したのは、図書館だった。

「図書館って……王都くらいにしかないのですが。まぁこの村ならあってもおかしくないですね」

「この村やからね」

ローラとクレモンは、少しずつこの村に慣れてきていた。三人は図書館に足を踏み入れる。

読書の邪魔をしないように、図書館の床には厚い絨毯《じゅうたん》が敷き詰められている。日光で本を傷めないように、図書館に窓はない。代わりに、宙には魔法で発光するランプが静かに漂っていた。

「だ、大丈夫です。この程度で驚いたりしません」

ローラの足元がぐらつく。が、踏みとどまる。

「今日はもうたくさん驚かされたんです。もうこれくらい、なんてことは――」

「あ、こちらは蔵書の検索システムです。欲しい本の題名を打ち込むと、魔法が発動して妖精が本の場所まで案内してくれるんですよ」

「なんですかその超テクノロジーは!?」

驚きでローラがひっくり返る。

「そんな魔法システム、見たことも聞いたこともありませんよ！」

「ああそのシステムか。それは我が作った」

後ろから声を掛けられたローラが振り返ると。

「エエエエ、エンピナ様!?」

いつの間にか、大賢者エンピナが立っていた。

〝ズッシャアアアァ！〟

ローラがまるでザリガニのように後ろに凄い勢いで跳ぶ。その距離なんと五メートル。

「王国騎士団　団長補佐官のローラと申します！　エンピナ様には大変お世話になっております！」

ローラは勢いよく深々と頭を下げる。

「？　世話などした覚えはないが」

エンピナが小さく首をかしげる。

「いえ。五年前。王宮図書館で深夜に魔法理論を勉強していたときのこと。たまたまふらりと王宮に訪れていたエンピナ様に、魔法理論について教えていただきました。あのときに頂いた『若くしてこの理論がわかるとは大したものだ。期待しているぞ』という言葉に、非常に励まされました。エンピナ様にとっては大したことではなかったかもしれませんが。あのときに励ましていただいたおかげで今の私があります。あの五分ほどの時間は、私の宝でございます」

ローラは、一切お辞儀の姿勢を崩さない。

「もちろん、五年も前の話ですし短い時間でしたから覚えてらっしゃらないとは思いますが――」

「ああ、あのときの若者か」

大賢者エンピナが、ぽつりとこぼす。

「私のことを、覚えていてくださった……!?」

ローラの顔がぱぁっと明るくなる。

「おぼろげだがな」

何の気なくエンピナがそう告げる。

「――！　ありがとうございます、ありがとうございます！　大賢者エンピナ様の記憶の片隅にでも置いていただけたなら、これ以上ない幸せです！」

ローラの目から、熱い涙が流れ出す。

「よかったなぁ、ローラちゃん」

泣きじゃくるローラにクレモンが優しい声をかける。

「ところで我が弟子よ、なんで今日は我が魔法理論を学びに来ぬのだ。折角汝のために図書館に専用の勉強部屋まで作ったというのにー」

「さっき説明したじゃないですか、エンピナ様。今日は王宮から、お客様が視察に来ているので村を案内しなくてはいけないと」

大賢者エンピナが、唇をとがらせてメルキスの服のすそを引っ張る。

「え、え、え？　大賢者エンピナ様が、弟子を取った……？？？？」

突然のことにローラが目を白黒させる。

「エンピナ様、お客様が帰ったら必ず勉強しに行きますから。待っていてください」

「な～ら～ぬ～。今勉強しに来るのだ」

大賢者エンピナがメルキスの服のすそを後ろから引っ張るが、メルキスは気にせず歩き続けている。

「大賢者エンピナ様に弟子がいて？　エンピナ様の方から『魔法理論を教わってくれ』と頼み込んでいて？　子供のように駄々《だだ》をこねていて？　私達の相手が優先なので後回しにされている？？？？」

情報量がキャパシティを超えて。

「きゅう」

ローラは気絶した。

「あっちゃー。ローラちゃんのびてしもうた。もう今日は十分見せてもろたし、僕もおいとまするわ。……このまんまやと僕も驚きすぎて気絶してまうかも知らんし」

そう言って、クレモンはローラを担いで帰っていったのであった。

◇◇◇

数日後。

再び王宮の謁見の間で、クレモンが国王にむかってひざまずいている。今回は、補佐官のローラも連れてきていた。

「偵察任務、ご苦労であった。で、どうだったかの。あの村は？　メルキス君は信用できそうかの？」

「ええ、ご安心ください陛下。メルキス君もあの村も、完全にシロですわ。村人もメルキス君も、びっくりするくらい平和的で。ほのぼのしてて。なぁんも陛下に対して企ててる様子はありませんでしたわ」

クレモンは心の底からそう報告した。

「ほう！　それは何よりじゃ」

それから、クレモンとローラは村でのあんな出来事やこんな出来事を報告し、そのたびに国王は手を叩いて喜び、聞き入っていた。

「ほっほっほ。面白い村じゃのう。『その気になれば王都をいつでも落とせる戦力が村の中に沢山いる』というのについては、そのうち何か考えねばならんが。それはそれとして、いつかワシも時間を作って、遊びに行きたいのぅ」

国王はそう言って、嬉しそうに顎髭を撫でるのだった。

◇◇◇

「暑い……」

　ある日の昼。

　今日は、村が異常に暑かった。

「こんなに暑いと食欲もなくなっちゃうよねぇ～」

　家のテーブルの上に、マリエルがぐったりと倒れ込んでいる。暑さでバテているようだ。

「冷たい物でも食べて身体を冷やしたいけど、あんまり食べすぎるとお腹を壊すしな……」

　どうしたものか考えていたところ。

「主殿。私に良い考えがございます」

　音もなく、ひざまずいた姿勢でカエデが現れた。

「良い考え？」

「ええ。主殿、暑気払いに水浴びをするのは如何でしょうか？」

「それだー！」

　さっきまでのぐったり具合が嘘のように、マリエルが勢いよく立ち上がる。

「村の近くにある湖！　あそこにみんなで水浴びしに行こうよ！」

「そうだな。どうして思いつかなかったんだろう。折角近くに湖があるんだ。行かない手はないな。

　村の皆さんにも声を掛けよう」

こうして、村のみんなで水浴びをしに行くことになったのだった

◇◇◇

「どうかなメルキス！　私の水着は！」

湖に着くやいなや、マリエルが服を脱ぎ、下に着ていた水着を披露する。

腰にパレオがついているので脚は少し隠れているが、胸元は大きく露わになっている。マリエルの豊満な胸がさらに強調されて、とても目のやり場に困る。正直、あまり直視できない。

「す、凄くよく似合ってると思う」

「!?　そ、そう……？　そんなストレートに褒められたら、困っちゃう……」

マリエルが顔を真っ赤にして目をそらす。

恥ずかしがるなら、無理に水着にならなくても良かったのに……。

「暑いときは水浴びというのは、この大陸でも同じようですね」

そう言って颯爽とカエデが現れた。黒を基調とした水着を着ている。細くすらっとした手足と白い背中を惜しげもなく晒している。

「み、水着って落ち着かないですぅ……」

ナスターシャはカエデとは対照的に比較的露出を抑えたワンピースタイプの白い水着で現れた。しかしいくら露出が少なめといっても、落ち着かない様子だ。

「メルキス君。お誘いありがとう。今日は楽しませてもらうよ」

上はビキニ、下はショートパンツという姿で現れたのはジャッホちゃん。いつものような王子様オーラは水着になっても損なわれていない。

ジャッホ・ルディングトン。

ルディングトン侯爵家の娘であり、僕の昔からの剣のライバルである。

王都武闘大会で僕と戦い、それが切っ掛けで村に住むことになった。村にサウナの文化を持ち込んでくれたのもジャッホちゃんだ。

……そして、『全力を出して戦ったうえで敗北する』ことに興奮する性癖らしく、ことある毎に僕に勝負を挑んでくる。

「我が弟子、我は水に入るつもりはないからな」

そう言って現れたのはエンピナ様。水着の上にシャツを羽織って、サングラスを掛けている。

言葉の通り水には入らず、プールサイドでくつろぐつもりらしい。横になれるイスとパラソルを魔法で浮遊させて持ってきていた。

「我が弟子よ、パラソルを立ててくれ。我では背丈が足りなくてうまくできぬ」

「はいはい、今やりますよ」

僕はエンピナ様に代わってくつろぐための準備をする。

「俺たちも来やした！」

タイムロットさん率いる冒険者さん達も水着に着替えてやってきている。

「カエデ頭領が今日は休みで良いと言ってくださったぞ！　今日は思いっきり遊ぶぞー！」

シノビさん達も水着に着替えて羽目を外していた。手にはお酒の瓶を持っている。

「今日は釣りをお休みしてボク達も泳ぐのニャ！」

キャト族さん達も、特注サイズの水着姿だ。猫と違って泳ぐのは苦手ではないらしい。

「そういえば、ドワーフさん達の姿が見えませんね」

僕は辺りを見渡す。

「ドワーフさん達は、なにか作りたいモノがあるって言って鍛冶工房にこもってるのニャ」

「そうですか。何を作ってるんだろう……？」

水遊びに関するモノだろうか？

「それじゃ、みんな集まったことだし、始めますか！」

マリエルが浅瀬に入っていく。

「ああ、冷たくって気持ちいい～」

湖の冷たさを楽しんでいるようだ。他の村人さん達も続々と水に入っていく。

「ああ、身体が冷えて気持ちいいですぅ～」

ナスターシャが肩まで水に漬かってくつろいでいる。

僕も他の村人さんに続いて湖に足を踏み入れる。火照った身体が冷やされて、大変心地良い。

「そうだ、いいこと考えた！」

マリエルが悪戯《いたずら》っぽい笑みを浮かべる。絶対何か良からぬことを考えている顔だ。

「まずはこうして……」

〝ゴポゴポゴポ……〟

マリエルが異次元倉庫の入り口を水中に開いて、水を吸い込んでいく。

「こうだ！」

今度は、空中に入り口を開いた。

〝ザパァ〟

頭上から、大量の水が降り注ぐ。そして、真下にいたカエデがびしょ濡れになった。

「不覚……まさかマリエル殿にしてやられるとは」

悔しそうに顔を拭うカエデ。そして、両手で湖の水を掬《すく》う。

「忍法水遁《すいとん》の術！」

カエデが両手を組み合わせると、そこから勢いよく水が飛び出す。

「わぷっ！」

マリエルの顔に水弾が直撃する。

「やったね、カエデちゃん……？」

「先に仕掛けたのはマリエル殿ですよ」

二人の間で火花が散る。そこから、マリエルとカエデの水の掛け合いバトルが始まった。

マリエルが異次元につながる穴を頭上に開けて水を降らせる。カエデがそれを素早く回避して、手から水弾を打ち返す。

先読みしていたマリエルがそれをかわす。

打ち返す。かわす。白熱した水の打ち合いが繰り広げられる。

「ニャ⁉　マリエル様、こっちに逃げてこないでくださいニャー‼」

マリエルが近づいたせいで、キャト族さんにも水の流れ弾がかかる。

今度は、マリエルが異次元の穴から大量に水を降らせる。

カエデがそれをひらりとかわす。

代わりに、近くにいた人物に直撃する。

「……これだけの狼藉《ろうぜき》を働かれたのは何百年振りか」

「やっば……」

水を被ったのはエンピナ様だった。サングラスを掛けていてもわかるくらい怒っている。

「小娘。我に喧嘩を売ったこと、後悔させてくれよう。水属性下位魔法〝アクアジェット〟」

エンピナ様の手元から水の奔流が放出される。

こうして、三つ巴《どもえ》の戦いが始まった。

「やべぇ、こっちに来た！」

さらに村の冒険者さん達も巻き込まれて乱戦になっていく。

「クソ、火力が高すぎて俺たちじゃ太刀打ちできないぜぇ！」

タイムロットさん達も参戦するが、一方的に水をかけられている。

それでも楽しそうにバケツに水を入れて突撃していく。そして――

「「「ぐはぁー!!」」」

三方向から一斉に水を浴びせられて撃沈していた。

「くぅ、初級水魔法だけでは我が不利か……」

三人の中で、エンピナ様が一番押されている。

遊びなので、下級水属性魔法以外は使わないことにしているようだ。だが、普段あまり自分の足で歩かない分運動不足で足が遅く、二人から的にされて、一方的に水を掛けられている。

「つ、疲れてもう歩けぬ。こうなれば、……我が弟子シールド！　ふふ、これで攻撃できまい！」

「ちょっと！　何をするんですか！」

エンピナ様が僕を盾にする。

「あ、エンピナ様ずるーい！」

マリエルが文句を述べる。そして、

〝ザバァ！〟

容赦なく、マリエルが水を降らせてくる。当然、僕もずぶぬれにされた。

「遊びであれば我が主とはいえ容赦しません。お覚悟！」

カエデも僕に向けて水を飛ばしてくる。エンピナ様と二人でびしょびしょになっていく。

「このままでは負ける……！　こうなれば我が弟子、おんぶだ。我が弟子が移動と回避、我が攻撃を担当する」

「あの、エンピナ様。水着でおんぶは……！」

有無を言わさず、エンピナ様が僕の背中に乗りかかってくる。

肌が、肌が密着する……！

僕はエンピナ様をおんぶした状態で、マリエルとカエデからの攻撃を回避する。

動きまわると柔らかい感触が余計に……!!

僕は心を鎮めながら回避する。

「主殿、これはどうでしょう？」

得意げな顔でカエデが水の塊を発射してくる。

「残念だったなシノビの小娘。狙いがずれておるぞ、それでは我に当たらぬ」

「いやエンピナ様、この水弾は――！」

突然、水弾が軌道を変えて僕の顔めがけて飛んでくる。

僕は何とか横に跳んで回避した。

「流石主殿。私の曲がる水弾を初見で回避するとは」

シノビ凄いな。

どうやって打ち出してるんだろう、あとで教えてもらおう。

「ちょっと、エンピナ様ばっかりメルキスとくっついてずるーい！　私だってそんなにピッタリくっつくことなかなかできないのにー！」

マリエルが拳を振り上げて抗議する。

「おや、それはおかしなことを仰いますねマリエル殿。主殿の寝室の天井で毎日見張りをしているので知っていますが、マリエル殿は主殿が寝静まったあと毎日のように――」

「ああああああああああああああああああああああああ!!それ言うの禁止ー!!」

マリエルが顔を真っ赤にして、カエデの頭上に滝を降らせる。

ところで、僕は夜中マリエルに一体何をされているんだ……？

「お待たせしましたデス！」

「村の冒険者さん達も戦えるように、いいものを作ってきたデス！」

ドワーフさん達が、何かを持ってきてくれた。冒険者さん達、シノビさん達、キャット族さん達に配っていく。

「あれは――水鉄砲!?」

しかも村人さん全員分ありそうだ。

「マリエル様、カエデちゃん、エンピナ様。さっきはよくもやってくれやしたね」

「みんなでカエデ頭領を水浸しにするぞー！」

「カエデ師匠、さっきのお返しをするニャ！」

村の冒険者さん達とシノビさん達。そしてキャト族さん達が水鉄砲を構える。

カエデとマリエルと僕は、完全に包囲されていた。

どうしてこうなってしまったのか。僕たちが村の皆さんに攻撃される理由なんて……。

「そういえばさっき、思いっきりマリエルとカエデとエンピナ様が水ぶっかけてたなぁ」

そりゃ包囲されるよなぁ。

「ねぇカエデちゃんにエンピナ様。ここは協力するしかないんじゃない？」

「私はシノビ。しがらみには囚われません。過去の遺恨は水に流して手を結びましょう」

いつの間にかしれっとマリエルとカエデが僕の隣に来ていた
「よかろう。偶には協力して戦う、というのも悪くない。そう思わぬか、我が弟子よ？」

「え？」

何故か僕も一緒に戦うことになってる？

「メルキス、抱っこして！」

「私は肩をお借りします」

「ええ!?」

マリエルをお姫様抱っこして、カエデが肩に乗って、エンピナ様が背中に引っ付いている。

背中からはエンピナ様の胸が、肩からはカエデの尻が、左手からはマリエルの太ももの感触が伝わってくる。

しかも、少し下を見るとマリエルの豊かな胸がドアップで視界に飛び込んでくる。

精神の、精神の平穏を保つのが難しい……！

「領主サマと戦うのは、領主サマが村に来てすぐのあの模擬戦以来ですねぇ。あのときより俺たちもちょっとは強くなったってところを、お見せしやすぜ！　行くぞ、野郎ども！」

「今日はカエデ頭領にどれだけ水を掛けても怒られない日だ！　思いっきりやるぞ！」

「カエデ師匠に、ボク達キャット族がどれだけ忍術を学んだか見せる機会だニャ！　全力で行くニャ！」

「ボクは戦いに巻き込まれていないので恨みはないが、こちら側で参戦させてもらうよ。メルキス君に負かされるチャンスは一つも逃すつもりはないからね」

ジャッホちゃんも水鉄砲をこちらへ向けている。水鉄砲を手に髪をかき上げるその仕草はとても画になっているのだが、言っていることは割と最低だ。

「ワ、ワタシは逃げますぅ～！」

怯えたナスターシャが、こちらに背を向けて走り出す。しかし。

「ダメですよナスターシャさん。メルキス様達を相手にするには、戦力はいくらあっても足りません。あなたも戦ってください」

「そ、そんなぁ～！」

シスターリリーさんに無理矢理戦場に連れ戻されていた。気の毒に。

ところで僕はどうしよう。僕は巻き込まれただけだ。村の皆さんに水を掛けたりもしていない。今ならまだ僕だけ逃げられるはずだ。と、思っていたのだが。

「さぁメルキス、誰から狙う？　バシャーっとやっちゃうよ」

にっと笑いながら、腕の中のマリエルが僕を見上げる。

「主殿、どうかご指示を」

肩のカエデが迷いない目で僕に指示を求める。

「我が弟子よ、指示を出すが良い。我の水属性魔法で撃ち抜いてくれよう」

背中におぶさるエンピナ様も、不敵な笑みを浮かべながら僕に指示を求めてきた。

え、僕が指示出す感じ？

僕がリーダーなの⁉

「行きやすぜ領主様、お覚悟！」

タイムロットさんが水鉄砲の引き金を引く。

〝ズガガガガ‼〟

水鉄砲からしてはいけないような音がして、水が凄い勢いで飛んでくる。

「……え？」

今音速に近い速度が出てなかったか？

僕はギリギリ回避する。

振り返ると、数百メートル先まで水が飛んでいった軌跡が残っていた。

「流石ドワーフ製の水鉄砲だぜ。威力がすげぇ」

「でもこれくらい威力がないと、領主様にはかすりもしないのニャ！」

あの水鉄砲を持つ村人数十人から逃げないといけないのか？

しかも三人も運びながら⁉

「ドワーフさん、僕たちにも武器か盾か何かをください！」

「わかったデス！」

「任せてほしいデス！」

「領主様に相応しい、最高の水鉄砲を用意するデス！」

「二日ほどお待ちくださいデス！」

ドワーフさん達は、やる気満々で鍛冶工房に帰ってしまった。

「いやそれじゃ遅――」

〝ズガガガ!!〟

容赦なく、村人さん達からの射撃が始まった。

「ええい、こうなったらやってやる！」

これも試練だと思おう。

引っ付いている三人から伝わってくる柔らかな触感から気をそらし。

亜音速で飛んでくる水をかわす。

僕は両手が塞がっているが、代わりに三人が水を村の皆さんに向かって撃っている。

激しく水が飛び交うこの戦いは、数時間続いた。

「疲れた……」

湖のほとりでは、全員疲れ切ってぐったりしている。しかももれなく水浸しだ。

だが、全員楽しそうに笑っていた。

「もう夕方か……」

気づくと、日が沈みかけていて湖は夕陽色に染まっていた。

「今日はとても楽しかったです。今日はお開きにして、そろそろ帰りましょう！」

「「了解！」」

　こうして、とても暑かった日の水遊びイベントは幕を閉じたのだった。

三章
大英雄の復活

SAIKYOGIFT DE
RYOCHI KEIEI SLOWLIFE

水遊びをした日の翌朝。

「主殿、ご報告があります！」

僕が着替えてリビングへ向かうと、ひざまずいた姿勢でカエデが待っていた。ただならぬ雰囲気だ。

「その様子だと、何か大事な報告があるんだな？」

カエデがうなずく。

「我が部下が、魔族が拠点としている街を突き止めました。北の街ミムラス。そこに魔族は潜んでおります。そして、街では三〇〇年ぶりに【勇者】のギフトを持つ者が現れて、大騒ぎとなっています」

カエデが冷静な口調で報告してくれる。

「勇者だって⁉」

僕は動揺を隠せない。

【勇者】。三〇〇年前の魔族と人類との大戦を終わらせ、人類を救った伝説のギフトだ。三〇〇年前の大戦以来授かった者はいなかったはずだが、まさかこのタイミングで現れるとは。

普通なら、強力な人類の味方が誕生したことを喜ぶべきなのだろうが、僕は違う。

他の誰にも話していないが、僕は以前女神アルカディアス様から直接神託を受けている。女神アルカディアス様は、『【勇者】のギフトを持つ者が魔族の側についた』と言っていた。この話を踏まえると、どうやらミムラスの街では勇者と戦うことになりそうだ。

相手は伝説のギフトの持ち主。覚悟を決めなければならない。

「そして、大変申し上げにくいのですが、もう一つご報告がありまして……」

いつもクールで淡々と話すカエデが、珍しく歯切れ悪そうに言う。

「ミムラスの街で、主殿の弟のカストル様が指名手配されております」

「なんだって⁉」

僕は頭を殴られたような衝撃を受ける。

「……カストルが、指名手配されるようなことをするはずがない」

僕は声を振り絞る。

——ギフトを授かる、半年ほど前の話だ。

ある雪の日に、屋敷の庭に子猫が迷い込んできた。

子猫は親猫とはぐれて大分経っていたらしく、やせ細って衰弱していた。

カストルは、衰弱した子猫を看病し、必死に食べやすくしたエサを口に運んでやっていた。

自分の食事もとらずに、カストルは必死に看病していた。その処置は、とても適切だったと思う。

ただ、それでも拾った時点で子猫は弱りすぎていた。

……泣きながら雪の積もった地面を手で掘って、子猫の亡骸を埋めているカストルの背中を、僕は忘れることができない。

父上の修行から逃げ出したり、反抗的な態度をとっていたりとひねくれた部分はあったが、カストルは優しい心の持ち主だ。

決して、指名手配されるようなことをする男ではない。

「私も、カストル君が指名手配されてるのは何かの間違いだと思うなぁ」

と、言ってくれたのはリビングに降りてきたマリエルだ。

「カストル君には何度か会ったことがあるけど。悪ぶってるけどそんなに悪くないというか、指名手配されるほど大それたことはできなそうというか……。私どころか自分の屋敷の女性メイドさんの前でも緊張してるくらいだったし」

やや辛辣《しんらつ》であるが、マリエルの言う通りである。

カストルは少しばかり小心者で、しかも女性の前で緊張してしまうタイプだった。

（絶対にありえない喩《たと》えであるが）父上に『あの耄碌《もうろく》老人がやっている小さな商店で万引きしてこい、絶対に捕まらないから』と命令されてもできないだろう。

というわけで、カストルは無実だと僕は信じている。

もしかすると、カストルの指名手配には【勇者】や魔族の存在も関わっているかもしれない。なんとしても真相を突き止めねば。

「主殿、いかがなされますか？」

「もちろん、ミムラスの街へ向かう。すぐに村の皆さんを集めてくれ」

——三〇分後。

広場には、村の仲間が集結していた。

「聞いたか！　野郎ども行くぞぉ！」

「「「応!!」」」

タイムロットさん率いる村の冒険者さん達が拳を突き上げる。

「当然、我らも陰から主殿をお助けするぞ！」

「「承知!!」」

カエデの率いるシノビさん達が一斉に音もなくひざまずく。

「「ボク達ももちろんお供しますニャ！」」

シノビの技術を身に付けたキャト族さん達もやる気十分だ。

「「ワタシたちも行くデス！」」

ドワーフさん達も武器を振り上げている。

「ありがとうございます。でも、戦闘が苦手なドワーフさん達を連れていくわけにはいきません」

「「そうデスか……」」

しょんぼりするドワーフさん達。

うーむ、これは良くない。

「ですがその代わり、ドワーフさん達には別の重大任務を任せます！」

「「重大任務デスか!?」」

ドワーフさん達の顔がパッと明るくなる。

「村には、冒険者以外の人間とドワーフさん達しかいません。ですから、村にモンスターが攻め込んできたとき、村を守ってほしいのです」

「「わかったのデス！　頑張るデス！」」

ドワーフさん達の目にやる気がみなぎる。

冒険者さん達がモンスターの討伐をしてくれているおかげで、村の周りには最近小型モンスターしか出現しない。

村は立派な壁で囲まれているし、門の隙間から入ってくるモンスター程度なら、僕の魔法によって身体能力が強化されているドワーフさん達でも楽に倒せるだろう。

「では、準備を整えて北の街へ向かいましょう！」

こうして、村の総力を挙げて北の街へ向かうことになった。

◇◇◇

翌日夕方。

僕はナスターシャの背に乗って北へ向かっていた。

僕とマリエルとカエデはナスターシャに乗って先にミムラスの街へ向かい、他の村の仲間は走って（と言っても馬車より遥かに早いが）移動し後で合流する予定だ。

そして、エンピナ様もドラゴンの頭蓋骨に乗って僕たちの隣を飛行している。

「メルキス様、私疲れましたぁ～。もう飛べませーん！」

と、ナスターシャが訴える。

「よし、近くに街があるから今日はそこに泊まろう」

僕たちは着陸して、街に入る。

交易が盛んなようで、大通りは様々な店が立ち並び、活気に満ちていた。王都ほどではないが、かなり栄えている街だ。

とりわけ目を引くのはフリーマーケット。

プロではなく、個人が自分の売りたい所持品を持ってきて売れる市場だ。

商店とは一風変わった品物が並び、独特の雰囲気がある。店主との交渉次第で値切りが成立するのも楽しみの一つだ。

「メルキス様、見ていってもいいですかぁ？　ワタシ、こういうお店好きなんですぅ」

ナスターシャが指をもじもじさせながら、おずおずと尋ねてくる。

「ああ。ナスターシャは今日頑張ってくれたし、お礼に何か一つ買ってあげるよ」

「本当ですか⁉　ありがとうございますぅ～！」

ナスターシャが楽しそうに並んだ品物を見て回っている。

「ほう。人の都市に来るのは久しいが、最近はこんな形態の市場があるのか。面白いではないか」

と、世俗に疎いエンピナ様もフリーマーケットに興味津々のようだ。

各々、興味がある店を見て回っている。僕も剣を扱っている冒険者向けの店をいくつか覗きたい。

店舗には出回らない中古の名剣が驚くような値段で置いてあることもあるので、フリーマーケットは楽しいのだ。

「メルキス様、私これが欲しいですぅ～」

ナスターシャが僕を呼ぶ。見ていたのは、アクセサリー類や骨董品などを雑多に扱っている雑多なお店だった。

恐らく、家の蔵から出てきたものを整理して、高く売れそうな物は専門店に売って、残りをフリーマーケットで出しているのだろう。

ざっと見たところ、あまり高価そうなものは置いていない。値段は高くて数千ゴールド程度だ。

そして、ナスターシャが欲しいと指さしているのは指輪だ。

ダイヤのようなものが埋め込まれているが、この値段で売られているということはきっとガラス製の模造ダイヤだろう。そう思っていたのだが……。

（メルキス様、これ本物のダイヤモンドですよ！）

とナスターシャが耳打ちする。

（本物のダイヤモンドを見分けられるのか？）

（はい！　私、宝石収集が好きなので宝石の真贋《しんがん》鑑定はある程度できるんですぅ）

そういえば、ドラゴンには金銀財宝を収集する癖がある個体もいるらしい。

あまりそういった面を見たことがなかったが、ナスターシャも金銀財宝収集を趣味にしているようだ。意外な一面を見たな。

「おねえちゃん、その指輪が欲しいのかい？　何かもう一つ買ってくれたら、一割引にするけどどうだい？」

と、店主の中年女性が交渉を持ち掛けてくる。

「そうですか。では、折角ですので僕も何か買いましょう」

と思って商品を眺めるのだが……。

古着。カーペット。よくわからない模様の入ったお皿。アクセサリー。特に欲しいと思えるものがない。

マリエルに似合いそうなアクセサリーがあれば買おうかと思ったが、どれもピンと来ない。

……そのとき、端に置いてある不思議なモノを見つけた。

この店で売っている古着は、木製の像に着せている。よく見ると、どうやら木像自体も売り物のようだ。

台座には〝大英雄カノン・ガットショット〟と刻まれている。

——大英雄カノンと言えば、とても有名な存在だ。

三〇〇年前の魔族と人類の戦いで、活躍したのは勇者だけではない。

数々の英雄が、魔族と戦い人類の勝利に貢献した。

大賢者エンピナ様もその内の一人である。

そしてカノンといえば、一人で大陸中を渡り歩いて魔族を倒し、多くの国を救った女英雄である。

背の高い絶世の美女であり、近接戦闘においては圧倒的な強さを誇ったという。何体かいた魔王の内一体を倒したとも伝えられている。

だが。

大英雄カノンの行動は、場所によってまるで一貫性がない。

ある街には、街を襲っていた魔族を倒しても一泊の宿と食事しか求めない謙虚な英雄と語り継がれている。

しかし別の街では、助けたお礼に街の財産の半分を要求する大変強欲な人物という記録が残っている。

それに、姿もまちまちだ。

大英雄カノンは、他の英雄と比べて圧倒的に大陸中に像が多く建てられている。

しかし、『背が高くて髪が燃えるように赤い絶世の美女』という点は共通しているのだが、どれも顔つき等がバラバラなのだ。どころか、像によって槍を持っていたり剣を持っていたりと武器すらまちまちである。

そのため、

『大英雄カノンは実在せず、人々が魔族との戦いの中希望を求めて作り上げた架空の英雄』

という説が有力だ。

きっと各地で魔族を倒した軍隊やレジスタンスの活躍が、大英雄カノンの活躍として語り継がれているのだろう。

僕も小さい頃は大英雄カノンに憧れていたし、実在しないと知ったときはショックだった。

……というわけで改めてフリーマーケットに置かれている木像を見てみる。

「これは……偽物でしょうねぇ」

「そうよねぇ」

と、店主の中年女性さんも同意してくれる。

像は、力強く拳を天に突き上げたポーズの美少女だ。

特に背が高いわけでもなく、顔立ちはとても整っているが絶世の美女というほどでもない。

大英雄カノンの設定を無視した像である。しかし造り自体はとても丁寧で、今にも動き出しそうな迫力がある。

客もみんなニセモノだと思って買わないのだろう。（そもそも架空の英雄の像にニセモノも本物もないのだが）

元々は街の宿に一泊できるほどの値段が値札に書かれていたのだが、何度も二重線で消されて更新されて、最終的に安めの昼食代程度の値段になっている。

掛けられている古着の方が倍以上の値段設定というありさまだ。

……あまりに、不憫だ。

実在しなかったとはいえ、英雄の像が値下げされまくった挙句古着かけ扱いというのはあんまりではなかろうか。

特に飾りたいわけではないが、せめて屋敷に持って帰ってもう少しマシな扱いをしてあげたいと思う。

「では、指輪とセットでこの木像を下さい」

「はい、毎度あり」

僕は商品を受け取る。

「しかしお兄ちゃん、こんな像を買うなんて物好きだねぇ」

物好き扱いされてしまった。

「でも、私はいい像だと思いますぅ。顔つきとか、凄くよく似てますよぉ～」

ナスターシャがしげしげと像の顔を見つめている。

「え？　今、『凄くよく似ている』と言ったのか？　架空の英雄カノンの像を？」

僕がナスターシャに詳しく尋ねようとしたとき――

「ねぇナスターシャちゃん、その指輪なぁに？」

ドス黒いオーラを纏《まと》ったマリエルが後ろから突如現れた。

「メルキスからもらったの？　婚約者である私を差し置いて？　どういうつもりか、説明してもらうよ？」

マリエルが歩くたびにズリズリと音がする。いつの間にかフリーマーケットで買ってきたらしい自分の背丈よりも長い大剣を引きずっている。

「ごごごご、ごめんなさーい！」

涙目のナスターシャが凄い勢いで逃げてしまった。

「逃がさないよ、まだ話は終わってないんだから！」

マリエルがナスターシャを追いかけようとして――

「あ痛っ！」

転んでしまった。大剣なんか引きずったまま走ろうとするからだ。

「いててて……」

マリエルの膝には、うっすらと血がにじんでいる。

「大丈夫か？　治癒魔法〝ローヒール〟」

僕は魔法でマリエルの怪我を治してやる。

「傷口から雑菌が入ったかもしれない。念のために消毒もしておこう。状態異常解除魔法〝ローキュアー〟」

「えへへ……ありがとう、メルキス」

マリエルがはにかみながらお礼を言ってくる。

「でもメルキス、軽々しく私以外の女の子に指輪なんて渡したら駄目だからね！　メルキスは昔からそういうところが甘いというか――」

マリエルのお説教が始まったそのとき。

〝バキバキバキッ！〟

何かが砕けるような音が響く。見ると、今さっき買った木像の表面が崩れていた。

どうやら、今使った状態異常解除魔法〝ローキュアー〟が木像に何かしら影響を与えてしまったようだ。

〝バキバキバキ〟

木像の表面はどんどん崩れていく。

そして。

「ふっかぁ～っ!!」

木像の表面が剥《は》がれきって、中から赤髪の美少女が現れた。

「ええと、どちら様でしょうか？」

驚きすぎて思わずかしこまってしまった。

「え？　アタシ？　見りゃわかるでしょ、大英雄カノン様だ！　復活させてくれたのは君かな？　お礼にサイン書いてあげよっか？」

自信満々の美少女は胸を張る。

……どうしよう、架空の英雄を騙る美少女が木像から出てきてしまった。

僕はフリーマーケットの店主さんの方を見る。

「返品なら受け付けないよ。私だって、木像の中にこんな子が入ってるなんて知らなかったんだよ」

そんなぁ……。

「ええと、何故君は英雄カノンを騙っているんだ？　そもそも、どうして固められて木像の中にいたんだ？」

「違う違う！　アタシが本物の大英雄カノンなんだってば！　見ればわかるでしょ」

どうも、英雄カノンであるという主張を曲げる気はないらしい。

「メルキス様、その人本物の英雄カノンですよぉ！」

戻ってきたナスターシャが、目を丸くして叫んでいた。

「カノンちゃん、今までどうしてたんですか！　心配しましたよぉ～！」

ナスターシャが英雄カノンの肩を掴んでゆさゆさと揺さぶる。

「お、ナスターシャ姉ちゃん久しぶり～！　悪いね、なんか魔族の罠に掛けられて封印？　かなんかされてたみたいでさ？　わっはっは！」

本物らしい英雄カノンがあっけらかんと笑う。

「笑い事じゃないですよぉ～！　本当に心配したんですから！」

一方のナスターシャは涙目になりながらカノンの肩を揺さぶり続けている。

「ええと、二人は知り合いなのか？」

「はい。ワタシが昔、魔族と戦って瀕死になっていたカノンちゃんを見つけて、しばらくの間匿《かくま》っていたんですぅ」

「いや～、あのときは本当にナスターシャ姉ちゃんに世話になったなぁ。わっはっは。ところで、アタシはどれくらい封印されてたんだ？　二、三日？　もしかして、一週間くらい経ってたり？」

そのとき、街の北門の方から悲鳴が聞こえた。

「大変だ！　モンスターの大群が北門を突破した！　街の冒険者だけじゃ持たない！　皆避難するんだ！」

さらに――

「南門の方にもモンスターが出て、冒険者が手も足も出ずやられてる！」

街の主要出入口が一気に破られて、街はパニックになる。

「いくぞみんな！　まずは北門のモンスターを片付けよう！」

南門の方も心配だが、今はそちらまで回せる戦力がない。南門の方は、街の冒険者さんたちがなるべく粘ってくれることを期待するしかない。

「じゃ、アタシは南門の方ぃくわ」

と、復活したばかりの英雄カノンが軽い足取りで歩きだす。

「ナスターシャ、あの子に任せて大丈夫なのか？」

「は、はい。大丈夫だと思いますぅ。カノンちゃんに戦わせると別の心配が増えるのですけれどもぉ……」

英雄カノンの語り継がれている武勇伝は、結局どこまでが本物なのかよくわからない。だが、ナスターシャが大丈夫と言うのならきっと大丈夫だろう。

僕たちは急いで北門へと向かう。

◇◇◇

〝グルウウウウウウウゥ!!〟

北門の内側では、大型モンスターが咆哮《ほうこう》している。

メタルアームグリズリー。鎧に身を包んだ巨熊だ。金属光沢を持つ鎧は非常に厚く、並大抵の武具では歯が立たない。

鎧の背中部分が何ヶ所か少し凹んでいる。恐らく、街の防壁に設置された大砲を受けた跡だろう。

耐久性では、全モンスターの中でも相当上位に入る。

さらに悪いことに、後ろにはゴブリンとトロールの群れがついてきている。

街を守っている冒険者さん達は、陣形を崩されて散り散りに逃げていた。このままでは、あっという間にこの街はモンスターに制圧されてしまう。

「氷属性下級魔法〝アイスニードル〟五重発動」

エンピナ様が得意の魔法多重発動をメタルアームグリズリーに見舞う。が、無傷。厚い装甲には傷一つない。

「ほう、思ったより硬いではないか。では、上級魔法氷属性魔法――」

エンピナ様が腕を上げて、大技を放とうとする。

「駄目ですエンピナ様！　街の中で上級魔法なんて使ったら街がめちゃくちゃになってしまいます！」

「むぅ。では仕方ない、あの大物は我が弟子に譲ろう。我は小物でも散らしているとするか」

エンピナ様が、下級魔法を連射して、小型モンスターを押さえてくれる。

「こい、メタルアームグリズリー！　僕が相手だ！」

僕は、メタルアームグリズリーの振り回す腕をギリギリで見切って掻い潜る。

僕には、ドワーフの皆さんに打ち直してもらった〝虹剣ドルマルク〟がある。その効果により、身に着けているだけで身体能力が向上し、攻撃を難なく見切れるようになっているのだ。

「そこだ！　ロードベルグ流剣術52式、〝流水剣〟！」

〝するり〟

虹剣ドルマルクの刃は、大砲すら弾き返す厚い装甲をものともせず、豆腐のようにあっさりと断ち切った。

真っ二つになったメタルアームグリズリーの身体が地面に崩れ落ちる。

「これが、村の皆さんの力を合わせて打ち直した剣の力……！」

恐ろしいほどの切れ味。この剣さえあれば、どんな敵にだって勝てるような気さえしてくる。

「こちらも終わったぞ、我が弟子」

いつの間にかエンピナ様が、小型モンスターを全て片付けていた。

「思ったほどの数ではありませんでしたね。我々の出る幕がありませんでした」

「ワ、ワタシは戦わずに済んでほっとしていますぅ……」

と、後ろで敵の出方を窺っていたカエデと、その横で小さくなっていたナスターシャが言う。

「よし、急いで南門の方に戻るぞ！　英雄とはいえカノンが心配だ！」

「「了解！」」

僕たちは急いで南門の方へと駆けだした。

◇◇◇

――時は少し遡る。

メルキス達が北門でモンスターの群れを撃破していた頃。

街の南門付近もまたモンスターの襲撃によりパニックになっていた。

こちらはメタルアームグリズリー一体だけが暴れている。

「ぐあああ‼」

メタルアームグリズリーが腕を振るうたび、冒険者が身に纏った鎧ごと吹き飛ぶ。生きてはいるが皆立ち上がれないほどのダメージだ。

「誰かあいつを止めろー！」

メタルアームグリズリーに弓矢が殺到するが、ものともせず突進していく。商店街へ侵入し、街の中心へと向かっていく。

商店街の反対側から、ポケットに手を突っ込んだカノンが歩いてくる。口には棒の付いた飴《あめ》を咥《くわ》えていた。

両者が接触。メタルアームグリズリーが腕を振るう。

カノンは、手をポケットに入れたまま屈んで回避する。

グリズリーは連続攻撃を仕掛ける。薙《な》ぎ払い、薙ぎ払い、噛みつき、そして体当たり。カノンはそれら全てを鮮やかにかわす。余裕の笑みさえ浮かべていた。

「おお、あの子すごいぞ！」

逃げ遅れていた商店街に店を構える店主たちがざわめく。

メタルアームグリズリーが息が上がって動きが鈍る。その隙に、カノンが大きく後ろに飛ぶ。着地したのは、駆け出し冒険者向けの武具店の前だった。

カノンは店の商品の剣を一本手に取る。

「ねぇおっちゃん、あのクマ倒してあげるからこの剣くれない？」

「アイツをなんとかしてくれるならそんな剣くらいいくらでもやるよ！　だけど、ウチで扱ってる駆け出し向けの剣なんかじゃあんな硬いモンスター傷一つつけられねぇぞ！」

「おっちゃん、剣の切れ味なんてね、使い手の腕次第でいくらでも変わるんだよ」

不敵に笑って、カノンは水平に剣を構える。

『グオオオオォ！』

メタルアームグリズリーが突進して腕を振るう。タイミングを合わせて、カノンが薙ぎ払いを繰り出す。

〝キイイイィン！〟

グリズリーとカノンの攻撃が交錯する。甲高い音が商店街に響いた。

そしてメタルアームグリズリーは――

無傷だった。

金属光沢を放つ装甲には傷一つない。勿論、内部が破壊されていたりするということもない。

一方のカノンの剣は、刃こぼれして使い物にならなくなっていた。

「あちゃー、やっぱこんな安物の剣じゃダメだわ」

カノンは剣を道端に放り捨てる。

「え？　さっき、剣の切れ味は使い手の腕で変わるとか言ってたじゃないか！」

「あれはノリで言ってみただけ。アタシ、剣の使い方とか全然知らんし」

悪びれもせずカノンが言い切る。

「さっきの自信はなんだったんだ！　その剣でモンスターを倒すって言ったじゃないか！」

店主が怒鳴る。

『グオオオオ‼』

再びメタルアームグリズリーが襲いかかる。凶悪な輝きを宿した五本の爪がカノンに迫る。

「おっちゃん、アタシは〝剣で〟コイツを倒すなんて一つも言ってないけど？」

〝パシン〟

カノンが、片腕でメタルアームグリズリーの腕を受け止めた。

どころか。

カノンがメタルアームグリズリーの腕を装甲ごと握りつぶす。

〝バキバキバキバキッ〟

「なんだ、なんだあの力は……⁉」

周りで見ている群衆は、目の前の光景に理解が追いついていない。

「そらよっ！」

カノンが予備動作なくメタルアームグリズリーを蹴り上げる。それだけで、メタルアームグリズリーの巨体が放物線を描いて空高く舞う。

メタルアームグリズリーが地面に落ちる寸前。カノンが腰を落として拳を構える。

——そして、消えた。だれも、速すぎて目で捉えられなかったのだ。

カノンは数十メートル離れていたメタルアームグリズリーとの間合いを一瞬で詰め、拳を放つ。

〝ドン！！！！〟

音の衝撃が商店街中に響く。

メタルアームグリズリーの巨体が吹っ飛んでいく。商店街を抜けて、まだ勢いは止まらない。

〝ギャリリリリリリ!!〟

金属の甲殻と道のレンガが摩擦で火花を上げる。広場中央の石像にぶつかって粉砕して、そこでようやく停止した。

メタルアームグリズリーの胸には、大穴が開いていた。

「はい、一丁上がり！　大英雄カノン様の勝利だ！」

カノンが右拳を突き上げて高らかに宣言する。英雄カノンという名乗りを疑うものは誰もいなかった。

◇◇◇

僕とエンピナ様は、協力して無事北門から侵入してきたモンスターの群れの撃破に成功した。

「カノンだけでは心配です。急いで南門に向かいましょう！」

僕たちは南門へと走る。そして、そこでとんでもないものを目にした。

南門近くの広場中央では、僕がさっき倒したのと同じメタルアームグリズリーが倒れている。大砲でも難なく弾き返す装甲に包まれていたはずの胸には、大穴が開いている。

恐らく、規格外の破壊力の打撃だろう。どんな威力の攻撃だったのか、考えるだけで恐ろしい。

そして、カノンはそのグリズリーの上に片足を置いてポーズを決めていた。手には、グリズリーを倒すのには全く役に立っていなかったであろう刃こぼれした剣を握っている。

そして、そのカノンの様子を必死にスケッチしている人物がいた。

……どういう状況？？

「さぁ、アタシの銅像しっかり良いの作ってよね！　顔はもうとにかくこれ以上ないくらい美人に！背も現物より高く！」

「は、はい！」

スケッチしている人が手を動かす。あの人は銅像作家か。

ということは……。

「メルキス様。カノンちゃんは、街を助けるたびああしてポーズを決めて銅像を作らせるんです。使えもしない武器を持っているのは、『手に何か持っていた方が格好いいから』という理由ですぅ」

ナスターシャが、あきれた顔をしながら教えてくれた。

何故英雄カノンは、
・銅像の顔つきが各地でバラバラなのか

・銅像の持っている武器が違うのか
という謎が一気に解けてしまった。

「まさか、英雄カノンがあんな残念な人だっただなんて……！」

僕は地面に膝をついていた。

「スケッチ、完了しました。ではコレから早速制作に入りますので……」

「うん、よろしく！　完成した頃にまた見に来るからね」

ここでの仕事は終わったとばかりに銅像作家さんが駆け足で立ち去っていく。

「ところで領主さんよ」

カノンが近くにいた、この街の領主さんらしき人物に向き直る。

「街の大ピンチを救ったんだし，謝礼の方は弾んでもらわないとねぇ」

にまにま笑いながらカノンが右手でお金を示すサインを作る。

「も、もちろんでございます。こちらをお納めください。壊れてしまった街の門や道の修理などもしなくてはならないので、これだけしか今お渡しできるものがございませんが……」

そう言って街の領主さんが金貨の入った袋を手渡す。

「えー、コレだけ？　街の大ピンチを救ってあげたのに？」

「だ、駄目ですよぉカノンちゃん。そんなに困っている人からお金をむしり取ろうとするのは！」

ナスターシャがカノンに後ろから思い切り抱き着いて、街の領主さんに詰め寄ろうとするのを止める。骨がきしむ音が聞こえる。

「わ、わかったよナスターシャ姉ちゃん！　お金はあきらめるから放して！　折れる、折れるから！」

手足をバタバタさせた英雄カノンが、やっと解放される。

「うう、これじゃ今夜はご飯食べれないどころか泊まるところさえない……折角カッコよく街を救ったのに」

さっきまでの威勢は消し飛び、カノンはうなだれる。

「では、せめてこの街の最高級レストランと宿を無償でご用意させてください！　それくらいのことは喜んでやらせていただきます！　もちろん、北門でモンスターの群れを撃退してくださったあなた方も」

街の領主さんが僕たちの方を向いてそう言った。

「やったー！　ただ飯だー！」

英雄カノンがこぶしを突き上げて喜ぶ。

「そうだ、ところでアタシどれくらい封印されてたの？　意識がなかったからわかんないけど……一週間くらい？　もしかしてもっと長い？　二、三ヶ月とか？」

「……三〇〇年だ」

答えづらいが、僕は答えた。

「三〇〇……!?　マジか、三〇〇年ってマジか……!!」

カノンが頭を抱える。神経は太そうだが、流石にこれには衝撃を受けたらしい。

「……ってことは魔族との戦争もう絶対終わってるじゃん！　人間がこうしてまだ生きてるってことは、人間側の勝利だったってことね？　よかったよかった。三〇〇年経ったってことはもうアタシ伝説の英雄になってるんじゃない？　どう？　アタシの英雄譚とか沢山売られてるんじゃないの？」

英雄カノンが目を輝かせながら詰め寄ってくる。

これも言いにくいが、言わなければならない。

「英雄譚は売られているけど……残念ながら、その、各地の銅像の顔がバラバラだったり、その時々で全然違う武器を持っていたりするのが原因で……カノンは架空の英雄だと思われている」

「……は？」

カノンの顔から表情が抜け落ちる。

「カノンの英雄譚は、大体本屋さんに行くとフィクション小説のコーナーに並んでいる」

「そんなあああぁ！」

カノンが地面に崩れ落ちる。拳で何度も地面を殴りつける。

「あんなに頑張ったのに！　何のために、何のために魔族とか魔王とか倒したと思ってるんだよ！」

人類のためじゃなかったんだ……。

……こうして残念な感じの現物を見てしまうと、架空の英雄であってほしかったと少し思ってしまう。

口にしたら間違いなく面倒なことになるので絶対に言わないが。

しかし、あのメタルアームグリズリーの倒し方からして、間違いなく実力は英雄の名に恥じないものだ。

「実は、この時代にもまだ魔族はひっそりと生き延びていて、何らかの大きな計画を進めている。僕たちはこれから魔族を倒すために北の街に向かうんだが、良かったら一緒に来ないか？　今の時代にまた魔族を倒して、こんどこそ実在の英雄として名を残そう」

「いいね、それ！」

カノンが僕の手を掴む。

「大英雄カノン、英雄譚の新章始まりだー！」

こんな破天荒な人を一緒に連れていって大丈夫なのかという不安もあるが、今はそれよりも戦力が欲しい。

あと、放っておいたら何をしでかすかわからない。カノンにある程度言うことを聞いてもらえそうなナスターシャと一緒にいてもらった方が安心できる。

「ところで一つ、確認しておかないといけないことがある。英雄カノン、君の【ギフト】について教えてくれ。一緒に戦うなら、味方の戦力についてしっかりと把握しておく必要がある」

僕が言ったのは、決して嘘ではない。一緒に戦う仲間の能力はキッチリと把握しておくべきだ。だが同時に、僕は好奇心からもカノンのギフトについて知りたいと思っている。

実物は結構残念な感じだったが、それでも子供の頃憧れた英雄。どんなギフトを授かっているのか、気にならないわけがない。

だが、返ってきた答えは意外なモノだった。

「知らない。アタシ、自分のギフトの鑑定とかしたことないし」

あっさりカノンはそう言い切った。

「ええ!? じゃあ、どうやってギフトの力を使ってるんだ!?」

ギフトの力を知らないまま使うだなんて、聞いたことがない。

「今の時代じゃどうだか知らないけど、アタシの時代はみんなギフト鑑定する余裕なんてなかったんだわ。特にアタシの村、貧乏だったし。ギフトなんて鑑定しなくても、ノリでなんとかなるし」

「そういうものなのか……」

鑑定せずギフトを使うなど、今の時代の僕達には想像も付かない。そこで僕は閃いた。

「カノン、この街でギフトを鑑定してみないか？　費用は僕が出そう」

「お、いいの!?　やったね、正直あんまり興味ないけど、タダならなんか得した気分だ。早速行こう！」

僕達は、街のギフト鑑定士さんのもとへ向かう。


――


「へぇ、ギフト鑑定ってこんなところでやるんだ」

ギフト鑑定士さんの営《いとな》む店の中。カノンは、部屋を珍しそうに眺めている。

ギフトの鑑定は一生に一度。特別なイベントであるので、豪華な内装の店が多い。もちろん、僕のときのように鑑定士さんを自宅に呼ぶケースもある。

「カノンちゃんのギフト、いったいどんな名前なんでしょう。楽しみですぅ～」

一緒についてきたナスターシャも、興味津々のようだ。

「では、鑑定を始めます」

店主である、ベテランの風格の鑑定士さんが水晶玉に手をかざす。

「……鑑定結果が出ました！　カノン様のギフト、これは……むむ？」

鑑定士さんが首をかしげる。

「……私は長年鑑定士をやってきましたが、こんな鑑定結果は初めてです」

鑑定士さんが鑑定結果を紙に転写して、僕達に見せてくれる。そこにはこんな奇怪な文字が記されていた。

『繝励O繝医ぐ繝輔ヨ　蜍???霑第磁迚ヶ蛹悶Δ繝?N』

「……これ、なんて書いてあるのでしょう？」

「全くわかりません」

鑑定士さんもお手上げのようだった。

そして当のカノンは。

「ふーん。まぁ、使えてるからなんでもいいや」

と、あまり興味がないようだった。

その後は特に何も問題は起こらず。

翌朝、僕たちはカノンとともに北の街へと旅立った。

◇◇◇

――時間は少し遡る。

メルキス達がミムラスの街へ向けて出発する数日前。メルキスの弟カストルが、夜のミムラスの路地裏を歩いていた。

ミムラスの街の領主であるルスカン・アンドレオーニ伯爵は、メルキス達の父ザッハークと親交があった。領主であるザッハークが魔族とともに消えたことで、ロードベルグ伯爵家の当主はカストルとなった。その就任の挨拶のために街に来ているのだ。

「くっそぉ……伯爵には『私は忙しいんだ』って面会を断られたし、節約のために馬車にも乗れねぇし……散々だな」

カストルが不満を垂れ流しながら夜の路地を歩く。

〝キャン！　キャン！〟

カストルが、動物の鳴き声を聞きつける。

「ん？　なんだこの悲鳴は？」

カストルが悲鳴の方に足を向ける。そこでは、大人の男二人が子犬の首根っこを掴んで持ち上げていた。子犬には首輪がついている。

「どこの家から脱走してきたか知らねぇけど。俺たちに吠え掛かるなんて、ムカつく犬だな！」

男は子犬を壁に叩きつける。

〝キャン！〟

「待ててめぇら！　子犬相手になんてことしやがる！」

カストルが怒鳴りながら男と子犬の間に割って入る。

「……この気配。もしかして、てめぇら魔族か⁉」

魔族と長い間近くで接していたカストルは、人間に変装している魔族の気配を感じ取れるようになっていた。

「なんだクソガキ。俺たちのこと知ってんのかよ」

「ならば生かしておけないな。犬一匹のために余計なことに首を突っ込んだと、後悔するといい」

男二人が変装を解除する。魔族の特徴である、青い肌と頭部の角が現れる。

「魔族相手だったら、手加減しなくていいよな！」

カストルが剣を抜き、斬りかかる。

「ロードベルグ流剣術12式、〝流星斬〟！」

鮮やかな軌跡を描く剣が、あっという間に魔族二人を倒す。

カストルは王都武闘大会でメルキスから戦いの中で剣を教えられ、その後さらに修行に打ち込んでいた。今の彼は、以前とは比べものにならないほど腕を上げている。

「ぐぅ……。ロードベルグ流剣術といったな。まさか貴様、パラナッシュ陛下の核になっていたカストルか」

「俺も魔族のなかで有名人になっちまったのかな？　まぁいい、とにかく魔族にトドメを……」

カストルが剣を振り上げたそのとき。

「おいおいおいおい、お前達なに遊んでんだ？」

路地の奥から、もう一人男が出てくる。

全身甲冑を身に纏っており、歩く度に重厚な音が響く。

「ラインバートさん！　すみません、このクソガキを締めてください！」

「我々魔族のことについて知っている人間です。今ここで消しておくべきです」

魔族達が、全身甲冑の男に頭を下げる。

「おいおいおい、魔族の分際で俺様に命令すんな。だが、俺様も犬は嫌いだ。このクソガキも犬のついでにぶっ殺してやるよ」

全身甲冑の男が剣を抜く。その瞬間、カストルの背中を寒気が走る。

（なんだ!?　【剣聖】の才能《ギフト》を持つ俺が気圧されてる!?　それにあの男、魔族じゃないのか!?）

カストルが、無意識に剣を握る手に力を込める。

「ギフト【勇者】発動」

「ゆ、【勇者】だと!?」

全身甲冑の男の剣が光り、カストルに襲いかかる。

「ぐあああぁ！」

カストルは、勢いよく壁に叩きつけられる。

「なんだその威力……!?　まさか、本当に【勇者】のギフトなのか!?」

「そう言ってるだろうが。アホかお前は」

勇者を名乗る男が、重い足音を立てながらカストルに迫る。

（まずいまずいまずい！　このままだと、俺もあの子犬も殺されちまう！）

命の危機を感じ取り、カストルは必死に頭を回転させる。

「うおおおお！」

カストルは、剣を振り上げて全力で斬りかかる――

と見せかけ。

勇者の横を走り抜ける。そして、倒れていた子犬を拾い、

〝ドボン！〟

近くの川へと飛び込んだ。水位は膝上程度しかない。カストルは、川につながる下水道へと逃げ込んでいく。

「逃げやがったか。腰抜けめ」

勇者ラインバートは舌打ちしながら剣を納める。

「ラインバートさん！　早くあのクソガキを追いかけてください！」

「我々魔族のことを知っているあの人間をこのまま放置するのはマズいです」

「黙れ！」

勇者ラインバートは怒鳴って魔族を甲冑越しににらみつける。

「勇者であるこの俺様に、ドブの中を歩き回れってのか？　ふざけるな」

魔族二人は、何も言い返せない。

「お前らの権力を使ってなにか罪状をでっち上げて、指名手配でもして探し出せ。見つけたら、あとは俺がブチ殺してやるよ」

「わ、わかりました！」

「すぐに用意します！」

魔族二人は、カストルを指名手配するべく夜の闇に消えていった。

◇◇◇

街を襲撃したモンスターを撃退した翌日。

僕達は、ナスターシャの背中に乗ってミムラスの街に向かっていた。もうしばらくすれば着くだろう。

「相変わらずナスターシャ姉ちゃんの背中に乗って飛ぶのは最高だな〜！」

と言って、寝転んでくつろいでいるのは英雄カノンだ。

三〇〇年前にナスターシャと知り合いだったそうだが、一体どんな関係だったのだろう。僕は気になって聞いてみた。

「三〇〇年前。ある街が魔族に襲われて壊滅したんです。ワタシはたまたま街を通りかかったのですけれども、そこで毒に侵されて倒れているカノンちゃんを見つけたんです」

「毒か……もしかして、毒魔獣デウゼルクススとの戦いか」

全身に毒の粘液をまとう大型の魔獣に街が襲われて、カノンが単騎で戦いを挑み、身体を張って街の住人が逃げる時間を稼いだという武勇伝の一つだ。

「あー、それそれ。あの街の領主め……よくもだましたな」

寝転んだままのカノンが、いらだったような表情になる。

「だまされた？」

「そう、だまされたんだよ！　アタシが『あの魔獣倒すの手伝ってやるから、一〇〇〇万ゴールドちょうだい』って持ちかけたら、『王都からの援軍が三時間ほどで到着するので、その間時間を稼いでください。成功すれば三〇〇〇万ゴールドお支払いしましょう』と返されて。良い条件でラッキー、と思って魔獣の相手してたら……」

「街の住人全員避難して戻ってこなかったんだな？」

「そう！　援軍は来ないし！　領主もどっか行って報酬踏み倒されるし！　あの魔獣もアタシと相性悪くてめちゃしんどかったし」

カノンが歯ぎしりして悔しがる。

酷い真実が、大分美談にされていたな。

「そうだったのか……」

……もっとも、毒魔獣デウゼルクススは、それまで街を四つ滅ぼしていた。

率いていた魔獣の群れごと単騎で戦って倒したというのは、英雄カノンはやはりとんでもない強さだ。

「で、魔獣の毒でアタシが死にかけてたときにナスターシャ姉ちゃんがたまたま通りかかって。毒とかいろいろ治療してもらって、そのままなんか成り行きで一緒に暮らすようになったんだ」

「そうなんですよ～。カノンちゃん、ワタシの家に勝手に入ってくるモンスターさんなんかを倒してくれて、とっても助かってたんですぅ～」

なるほど、そんなギブアンドテイクの関係だったんだな。

「あと、魔族を倒すためにちょくちょく魔族が暴れてる街の近くまで送ってもらったっけな」

「カノンちゃん、あれ怖かったんですからね～！　ワタシ、戦いが起きている場所の近くになんて行きたくなかったのに……」

ナスターシャが首をこちらに向けて文句を言う。

「待ってくれ。英雄譚では、『英雄カノンはドラゴンを従えていた』と書かれているが、もしかして」

「ええ!?　ワタシ、英雄譚に載っちゃってるんですかぁ!?」

ナスターシャの悲鳴が空に響き渡る。

「やったじゃん！　ナスターシャ姉ちゃんも有名人の仲間入りだー！」

「よくありませんよぉ～！　ワタシ、目立つの恥ずかしいですぅ～」

カノンとナスターシャの間で軽い言い合いが始まる。

しかし、いつも村の仲間に対して一歩距離を置いているナスターシャに、こんなに気易く話せる相手がいたとは。

「二人は、本当に仲がいいんだな」

「まあね！　でも、一回だけ大喧嘩したっけな。本気で殴り合ったっけあのときは」

「しましたねぇ～。あのときは、ワタシも本気でしたよ～」

「⁉　ナスターシャが本気で喧嘩したのか⁉」

これは流石に驚いた。

ナスターシャがモンスター相手でさえも攻撃しようとしたのを見たことがない（最初に会った、操られていた状態のとき以外）。そんなナスターシャが本気で喧嘩とは。

隣にいるマリエルとカエデも目を見開いている。

「あれは、魔族の大きい拠点の在処がわかって、そこに攻撃を掛けようって話になったときだな。確か……ムーなんとか砦だったっけか」

「ムーゲルシュトン砦の戦いか⁉」

〝ムーゲルシュトン砦の戦い〟。三〇〇年前の大戦の中で、魔族と勇者が正面から激突した特に大きな戦いだ。

当時の勇者とその仲間達が活躍して、確かその戦いにカノンは不参加だったはずだが……。

「あれはカノンちゃんが悪いんですよ！　自分で戦いに行くだけじゃなくて、ワタシも無理やり戦いに連れていこうとして！」

「いーや、ナスターシャ姉ちゃんが悪い。『カノンちゃんが死んじゃうのは嫌ですぅ～』ってアタシが出かけようとするのを力尽くで止めようとするから！」

また二人の言い合いが始まった。

「……そして、殴り合いの喧嘩になったと」

「そうなんですよぉ～。ワタシ、カノンちゃんに殴られてウロコを五枚も割られちゃいましたぁ。痛かったですぅ～」

「アタシは両拳と足の骨全部砕けたけどな！　ナスターシャ姉ちゃん硬すぎるんだよ！」

カノンの戦闘スタイルは、おそらく素手の殴る蹴る。硬いウロコに覆われているナスターシャとは相性が悪すぎる。大怪我するのはまぁ当然だろう。

……大砲のゼロ距離砲撃でも傷一つ付かないナスターシャのウロコを破壊するパンチというのも、十分恐ろしいというか恐ろしすぎるのだが。

僕の〝刻印魔法〟で強化されているタイムロットさん達でも、ナスターシャのウロコには小さな傷を付けるのが精一杯だ。エンピナ様でも破壊できるかどうか。

試そうとは思わないが、僕でも相当強力な融合魔法を使わないとナスターシャのウロコは破壊できない。

英雄カノンの実力、恐るべし。

などと考えていて。そのとき、僕は一つ思いついてしまった。

「なぁカノン。もしかして、魔王バーゲルベーハンとの戦いって……」

魔王バーゲルベーハン。カノンの英雄譚に登場する魔王である。どこかの山奥に潜んで人類を大量に殺す魔法を発動するための準備をしていたところを、英雄カノンに見つかって倒されたらしい。

しかしこの魔王には奇妙な点がある。後に倒された魔族達の記録のどこにも、バーゲルベーハンの名前がないのだ。魔族達に魔王バーゲルベーハンの名前を出しても、全員『そんな魔王はいない』という反応だったそうだ。

ある日、街に全身怪我だらけの英雄カノンが訪れて、誰と戦ったのかと聞かれたときに『山奥に潜んでいたバーゲルベーハンと名乗る魔王と戦って、勝ちはしたが大怪我をした』と答えた。この会話の中でしか、バーゲルベーハンの名前は登場しない。

とにかく、実在したのか怪しい謎の多い魔王なのである。

しかし今、その謎が解けてしまった気がする。

「ああ、そういえばそんな名前の魔王でっち上げた気がする。街で『その全身の怪我はなんですか』って聞かれて『よく背中に乗せてもらってるあのドラゴンと喧嘩して負けて怪我しました』なんてとてもダサくて言えなかったから。テキトーな名前の魔王をでっち上げて、そいつと戦ったことにした。あ、でもそれとは別にちゃんと一体魔王倒してるからね！」

……。

僕は、頭を抱えている。

子供の頃憧れていた英雄譚が、真実を知れば知るほど色あせていく。

……決めた！

僕はもう、これ以上カノンの三〇〇年前の活躍について聞かないことにする！

聞いても幻滅するだけだ。

「あ、見えてきましたよメルキス様～」

僕が決意したとき、いよいよ街が見えてきた。

北の街、ミムラス。

堅牢なレンガの壁に囲われている、大きな街だ。

僕も父上に連れられて何度か来たことがある。しかし、どうも様子がおかしい。

「ナスターシャ、もっと近づいてくれ」

近づくにつれて、街の様子がはっきりと見えてきた。

「あれは……モンスターに襲われているのか!?」

街の壁の一部が崩れ、大型モンスター達が押し寄せている。

「ナスターシャ、あの近くに降ろしてくれ！」

「わ、わかりましたぁ～」

ナスターシャが、街から少し離れた場所へ降り立つ。隣に、エンピナ様の乗るドラゴンの頭蓋骨も着陸する。

「エンピナ様、街の外にいるモンスターを頼みます！　僕達は街の中へ向かいます」

「いいだろう。任された」

エンピナ様とナスターシャを置いて、僕達は街の中へと向かう。

『ブモオオオォ！』

街の中ではミノタウロスが咆哮し、大斧を振るっている。それも一頭ではない。通常群れることのないミノタウロスが五頭も大挙して押し寄せているのだ。

街を囲う壁は破られ、そこからゴブリンの群れが街の中へなだれこんでいる。

街の冒険者や騎士が応戦しているが、ゴブリンの相手をすることしかできない。ミノタウロスの間合に入れば即死するからだ。

王国騎士の精鋭一〇〇人が今この瞬間救援に駆けつけても止められないほどのモンスターの群れだ。とても一つの街に駐在している騎士や冒険者達が相手にできる規模ではない。

「いくぞ！」

「ロードベルグ流剣術3式、〝彗星斬〟！」

僕は剣を抜き、街の住人に襲いかかっていたゴブリン達を斬り払っていく。

〝どさっ〟

僕と離れた場所で、一体のゴブリンが突然倒れる。その隣でまた一体。静かに倒れていく。瞬きするほどの間に、カエデが音もなく仕留めているのだ。

「なかなかやるじゃん。それじゃ、アタシもちょっと暴れますか！　そりゃあ！」

〝ドン！〟

カノンがゴブリンを蹴り飛ばす。吹き飛ばされたゴブリンが後ろにいたゴブリンに激突。さらに後ろにいたゴブリンを巻き込んでいき、まとめて壁に叩きつけられる。

ゴブリン達は、ぐちゃぐちゃの塊になっていた。

まだぜんぜん本気を出している様子ではないが、ゴブリン達をまるで寄せ付けず凄い速度で倒していく。なるほど、これは確かに英雄の名にふさわしい戦闘力だ。

しかし、ゴブリンの群れは後から後から湧いてくる。ミノタウロスもまだ手が付けられていない。

そのとき。

「勇者ラインバート様、参上だぜ!!」

粗暴な大声が辺りに響く。

見ると、全身甲冑を着た男がゆっくりとこちらへ歩いてくるところだった。

……今、勇者と名乗ったか？

身体からすさまじい圧力が放たれている。間違いなく、本物だ。

「ちっ、勇者め……」

忌々《いまいま》しそうに勇者を名乗る男をカノンがにらみつけていた。

三〇〇年前、カノンと勇者は因縁がある。今の勇者に対しても、思うところがあるのだろう。

勇者ラインバートが剣を抜く。国宝とまではいかないが、一目で名剣とわかる代物だ。

「勇者剣1式。〝神速雷断〟」

次の瞬間、ミノタウロスが上下に両断されていた。

目にも留まらぬ速さで、勇者ラインバートがミノタウロスを斬ったのだ。

「まだまだ！　勇者ラインバート様の本領はここからだ！　竜頭《ドラゴンヘッド》召喚レッドドラゴン！」

勇者ラインバートが剣を掲げると、宙に光の粒子が現れる。粒子は集まり、ドラゴンの頭の形に結合していく。

〝グルアアアアアアアアァ!!〟

町中に響くような咆哮を上げ、深紅《しんく》のウロコに覆われたレッドドラゴンの頭が出現した。

〝ゴウッ!!〟

レッドドラゴンの口から放たれる猛火が、四頭のミノタウロスを包み一瞬で灰にする。役目を終えたドラゴンが、光の粒子になって消えていく。

「見たか一般人ども！　コレが勇者ラインバート様の力だ！」

勇者ラインバートが、もったいぶった仕草で剣を納める。

「さすが勇者ラインバート様です！」

「ありがとうございます勇者ラインバート様！」

街の住人からは歓声と拍手が上がる。しかしどこか、心がこもっていないように感じる。

「さぁ、でかいのは片付いたし俺は戻るぜ。小物はお前らで何とかしとけよ」

まだ街の中ではゴブリン達が暴れているのだが、勇者ラインバートは大きな態度で言い捨てて帰っていった。

「あ、あの勇者ラインバート様。まだゴブリン達が残っていますので、そちらも倒していただきたいのですが……」

「面倒くせぇ。俺様に命令するな」

騎士に引き留められるが、勇者ラインバートは足を止めずどこかへ立ち去ってしまった。

「仕方ない、僕達で倒すぞ！」

街に被害が出ないよう、僕とカエデとカノンでゴブリン達を倒していく。端の方では、負傷者をマリエルが異次元倉庫から取り出した包帯や消毒液で手当てしている。

小一時間ほどして、ようやくゴブリン達を全て撃退することができた。

「ありがとうあなた達！　おかげさまで死者なくモンスターの襲撃を切り抜けられたよ!!」

戦いが終わると、若い女性が笑顔で駆け寄ってきた。

「……ところであなた達、この街の住人じゃないわよね？　あなた達を見込んで、頼みたいことがあるの。付いてきてくれる？」

声を潜めて、若い女性が僕の耳元で告げる。

今はこの街の情報が欲しい。魔族の手がかりが手に入るかもしれないと考え、僕はうなずいた。

◇◇◇

「さぁ、入って入って。ここはアタシの店なんだ」

案内された先は、酒場だった。昼間なので、当然店内に客はいない。

「お、これはタダ飯が食える予感」

等とカノンがのんきなことを言っている。

「……こっち。こっちへ来てほしい」

僕達はなぜか、店のさらに奥に案内される。階段を降りて地下貯蔵庫へ。さらに、奥の隠し扉を抜けて――

「ようこそ、アタシ達レジスタンスのアジトへ」

案内されたのは、地下にある大きな部屋。作戦会議用の黒板やテーブルが備え付けられ、壁には武器も吊り下げられている。

メンバーは今はいないようだが、備品の規模から言って数十人はいるだろう。

「アタシはレジスタンスのリーダーのユーティア。この街は今、勇者に支配されている。あなた達の力を貸してほしいの」

ユーティアさんはこの街で今何が起きたのか話し始めた。

「この街がおかしくなり始めたのは、二年前。領民想いだった領主様が、人が変わったように領民に負担を強いるようになった。急に税が厳しくなったり、領民が不当に憲兵に連れていかれるようになったのよ」

恐らく、魔族の仕業だろう。魔族は人間に化けることがある。領主に化けて街をそっくりそのまま支配することも可能なはずだ。

この街の領主ルスカン・アンドレオーニ伯爵は、父上と仲がよかった。僕とカストルも父上に連れられて、この街に遊びに来たことが何度もある。

アンドレオーニ伯爵は物腰の柔らかい穏やかな方だったが、いつだったか急に父上と疎遠になった。思えば、父上と疎遠になったのもちょうど二年前くらいだった気がする。

「……そしてさらに、一月前に事態が悪化した。この街に【勇者】の才能《ギフト》を持つ者が現れたんだ。名前はわからないけど……」

「名前がわからない？　さっき、〝勇者ラインバート〟と名乗っていましたが」

「あれは、勇者の才能《ギフト》を授かった後に自分で名乗り始めた名前だ。勇者の才能《ギフト》を授かる前の名前は誰も知らない」

なるほど。顔は甲冑で隠れているし、声から男だとわかるがそれ以外全く情報がないようだ。

「勇者が現れてから、さっきみたいに街を頻繁にモンスターの群れが襲ってくるようになってね。勇者が毎回撃退するんだけど、自分の力を見せびらかすように大形モンスターだけ倒して、他は放ったらかし。街のあちこちにモンスターの被害が広がってる」

ユーティアさんがため息とともに話す。

「それは酷い……」

そしてユーティアさんは、ここからさらに声を潜める。

「街の人間はみんな思ってるんだ。『勇者が何らかの方法でモンスターを街に呼び寄せてるんじゃないか』、と。当然証拠なんてない。それに。勇者がモンスターを撃退してくれなければ、街は滅びちまう。わかってても、勇者にすがらないといけないんだ」

膝の上でユーティアさんが悔しそうに拳を握りしめる。

「……事情はわかりました。もし本当に勇者がモンスターの襲撃を操っているのであれば、絶対に許せません」

僕も、僕たちの持っている情報について話した。

魔族が現代にまだ生き延びていること。

魔族がモンスターを操る力を持っていること。

そして、この街に恐らく魔族が潜んでいること。

「なるほど、魔族が裏にいるのか……」

王都で魔王パラナッシュが復活して倒されたニュースは王国中に知れ渡っている。とはいえ、自分の住む街に魔族がいるとは思わなかったらしい。

「特に魔王はとても手強いです。僕も王都で戦いましたが、村の仲間の手助けがなければとても勝てませんでした」

「魔王に、勝った……？　もしかして、アンタが王都で魔王パラナッシュを倒したメルキスか!?」

急にユーティアさんの顔が明るくなる。

「もう、最初に言ってくれれば良かったのに！　魔王を倒したあのメルキスが味方だなんて、最高に心強いわ！」

ユーティアさんが僕の肩をバンバンと叩く。

「まさか魔王復活のニュースと一緒に僕の名前まで知れ渡っているとは……」

「またまたご謙遜《けんそん》を。英雄メルキスの名前は王国中に広まってるわよ」

「ぐぬぬぬぬ……英雄扱いされてる……うらやましい……アタシだって昔魔王倒したのに」

後ろでカノンが悔しさで歯ぎしりする音が聞こえてくる。

「さて話を戻すけど。アンタ達、街の滞在許可証は持ってる？」

この街は治安維持のため、人の出入りを厳しく管理している。さっきはモンスターの襲撃でできた壁の穴から入ってきてしまったが、本来は街の関所で受付して滞在許可証を取得しなければならないのだ。

「いいえ、持っていません。順番が前後してしまいましたが、これから行こうかと」

「やめた方がいいね。メルキスは名前が魔族にも広がりすぎてる。魔族が街の憲兵団に入り込んでいたら、メルキスさんの名前に反応しないわけがない」

「なるほど。確かにそうかもしれません」

「それはアタシもやばいな。三〇〇年前に魔族どもを倒しまくった大英雄カノン様が街にやってきたとバレたら、魔族どもみんな逃げちまう」

「は、はぁ。そうだねぇ……」

ユーティアさんは、カノンに大人の対応をしてくれている。

「こんなこともあろうかと、レジスタンスでは偽造の滞在許可証を用意してあるんだ。念のため、レジスタンス仲間の経営する宿を紹介するから、そこに泊まっておくれ。可能な限りのサポートをするように言っておくよ」

「それは助かります」

「何か他にサポートしてほしいことはあるかい？」

ユーティアさんが微笑みながら訪ねてくる。

「……それでは、一つお願いしたいです。魔族の拠点がわかり次第、僕は村の仲間を一〇〇人近く呼んで一気に叩きます」

「一〇〇人！　それはまた大規模な戦力だね」

「みんな、頼りになる仲間達です。ですが、街に入るとき関所を通ると魔族に動きがバレてしまいます。なのでこのアジトから、こっそり街の外と行き来できるトンネルを掘らせて欲しいです」

「もちろんいいとも！　こんな場所でよければ、好きに使ってくれ！」

幸いこのアジトは街の外周近く。力を合わせればすぐ外に通じる秘密通路を掘れるだろう。

こうして、地下でひっそりと魔族と勇者を倒すための作戦が始動したのだった。

——一時間後。

「くっそー。まさか大英雄カノン様が、穴掘りなんかさせられることになるとはな〜」

レジスタンスの秘密基地で、泥だらけのカノンがスコップを振るっている。

「カノンちゃん、口だけ動かしてないで手も動かして」

「へーい。王女様に言われちゃ仕方ない」

文句を言いつつもカノンがスコップでどんどん土を掘り進んでいく。傍若無人《ぼうじゃくぶじん》な人だが、どうも権力には弱いタイプらしい。

カノンが土を掘って、マリエルの異次元倉庫に放り込んでいく。凄いペースでトンネルができていく。

僕も負けじとスコップを振るう。

「結構掘り進んだな……補強しないと、土が崩れそうだ」

本来であればレンガや石膏で固めるべきなのだが、今はそんな時間も資材もない。

「だったら……」

僕は、足元や天井に植物の種をばら撒く。

「植物魔法〝グローアップ〟発動！」

トンネルの中に、草花が生える。地面だけでなく、壁や天井にもびっしりと緑が広がった。

「よし、草が土に根を張った。これである程度は補強されるはずだ。数週間は持つだろう」

「ひゅう。剣だけじゃなくて魔法も使えるのか。なかなか便利な魔法覚えてるじゃん」

僕の魔法を見て、カノンが口笛を吹く。

こうして、僕達はせっせとトンネルを掘っていく。

そして夕方。

〝ぼこっ〟

ついに僕達は、地上へ抜け出た。

場所は、街の近くの森。周りに樹があるここなら、街の憲兵さんや出入りする商人さん達にも見つからないだろう。

「よかった～！　皆さん出てこないからどうしたのか心配したんですよぉ～！」

べそをかきながらナスターシャが駆け寄ってくる。

「我が弟子よ、我をこんなに長時間放っておくとはどういうつもりだ。退屈だったではないか」

エンピナ様も唇を尖らせながら近寄ってくる。

僕は、外にいた二人に街の中の事情や、魔族に見つからないように村の仲間に街に入ってもらわないといけないことなどを説明した。

「ということで、二人にはここで待機していてほしいです。あとから来るタイムロットさん達と合流して、この森で街の住人や魔族に見つからないようにしていてください」

「わかりましたぁ。……でも、こんな森の中でエンピナ様と二人だけというのは心細いですぅ～」

「仕方ないな。アタシもナスターシャ姉ちゃんと一緒にここに泊まるよ」

ため息を吐きながらカノンが申し出る。

「本当ですか!?　ありがとうカノンちゃん！」

ナスターシャがカノンに飛びついて、また骨がきしむ音とカノンの悲鳴が聞こえる。

「じゃあ、野営に必要なテントとか食料置いとくねー」

そんな様子を無視して、マリエルが異次元倉庫から必要な物を取り出して地面に置いた。

こうして、カノンとナスターシャ、エンピナの三人は街の外で待機、僕とマリエルとカエデは街の中で魔族のアジトを調査することになった。

四章

魔族を追って

SAIKYOGIFT DE
RYOCHI KEIEI SLOWLIFE

そして夜。

僕とマリエルとカエデは、レジスタンスのメンバーが経営する宿に泊めてもらっている。魔族が潜んでいるかもしれない街で、安心して眠れる環境を提供してもらえるのはとてもありがたい。

部屋にはベッドが三つ。家にあるものよりも小さい、一人用のベッドだ。

そして今、カエデは情報収集に出掛けているので部屋には僕とマリエルしかいない。

「ねぇメルキス。なんか今日、肌寒いと思わない？」

「そうかな？　特にそんな気はしないけど」

「私は寒いの。大事な魔族との戦いの前に風邪をひくわけにもいかないし。……だから、一緒のベッドで寝ていい？」

そう言ってマリエルは、ベッドに腰掛ける僕の隣にそっと寄り添ってくる。

「――――！　それは、かまわない、けど」

僕とマリエルが同じベッドに入ろうとしたとき。

「主殿、ご報告です」

いつの間にかカエデが僕の足元にひざまずいていた。

「うわあああ!?　カエデちゃん、いつの間に戻ってきてたの!?」

「マリエル殿が、主殿と普段よりも狭いベッドで密着しながら過ごすために『今日ちょっと肌寒くない？』という苦しい言い訳をしているときからです」

「わあああ！　違うもん！　本当に肌寒いもん！」

マリエルが顔を真っ赤にして手をぶんぶん振り回す。

「今日は天気が良いですしむしろ暑いくらいでは？　ですがどうぞ、私は止めませんので気にせず主殿と同衾《どうきん》されてください」

「この流れでできるかー！」

マリエルが投げつけた枕を、カエデが軽々と回避する。

「それじゃあカエデ、報告を頼む」

「はい。元々近くの街で魔族を探していたシノビ部隊をこの街に集めました。レジスタンスと連携しながら、魔族の潜伏先を調査しております。見つかるのは、時間の問題でしょう」

「ありがとう。引き続きよろしく頼む」

魔族の探索の方は、一旦シノビの皆さんとこの街のレジスタンスさん達に任せておいて良さそうだ。

とすると、僕がやるべきは。

「カストルを見つけないと……」

今日レジスタンスの皆さんから話を聞いてわかった。カストルがこの街に来たのは、行方不明の父上の後を引き継いでロードベルグ伯爵家の当主になった挨拶をするためだろう。

どういう経緯かはわからないがカストルは魔族と接触して、この街に魔族が潜伏していることを知ってしまった。それで、この街の実権を握っている魔族に指名手配されて逃げている。こうだとすれば、当然辻褄《つじつま》が合う。

そしてその場合、カストルが魔族に捕まってしまうと口封じのために消されてしまう可能性がかなり高い。

カストルを守るためにも、カストルから魔族の情報を得るためにも、なんとしても魔族より先にカストルを見つけなければならない。

もちろんシノビの皆さんには魔族捜索のときにカストルを見つけたら連絡してくれるように頼んであるが、それだけでは心許《こころもと》ない。

「ねぇメルキス。カストル君を急いで見つけないといけないのはわかるけど、どうするの？　この街でカストル君が隠れてそうな場所とかある？」

「いや、それはわからない。だけど、あっちから見つけてもらう方法なら一つ考えがある。マリエルとカエデにも協力してもらいたい」

「もちろん！　私にできることだったらなんでもやるよ！」

と元気にうなずいてくれるマリエル。

「当然、私も主殿のご命令とあらば従います」

カエデもひざまずいた姿勢でうなずいてくれる。

「よし。じゃあ二人には、僕と一緒に大道芸をやってもらいたい」

「「大道芸……？」」

二人が揃って首をかしげる。

そして翌日。

「さあ集まって！　大道芸一座〝氷炎17〟の芸が始まるよ！」

僕たちは、街の広場で大道芸をしていた。

メンバーは僕とマリエル。二人とも変装して大道芸人の格好をしている。一座の名前は〝氷炎17〟という不可思議なものだが、これにもちゃんと理由がある。

芸を始めようという僕たちの周りには、まばらにしか人が集まっていない。

「さぁ行くよ！　まずはこのリンゴを投げて、空中で切ってご覧に入れましょう！」

僕はリンゴを高く掲げてみせる。

すると、一人のベテラン冒険者さんらしき人が近づいてきた。腰には剣を下げている。

「面白いじゃないか。俺も昔駆け出しの頃にそんな芸をやって小遣い稼ぎしてたよ。最高記録は八分割だったな。お兄さんはそのリンゴをいくつに切り分けられる？　八分割以上できたら、おひねりたくさん出してやるよ」

そう言ってベテラン冒険者さんは笑っている。

「そうですか。ではいきますよ……それ！」

僕は、天高くリンゴを投げる。そして、虹剣ドルマルクを抜き、

〝スパパパパ！〟

空中で何度もリンゴを切る。

バラバラに落ちてきたリンゴを、マリエルがお皿でキャッチする。

「やるなお兄さん。八分割か。……いや違う！　このリンゴだけ、何か形が違うぞ！　こ、このリンゴは……！」

ベテラン剣士さんは、お皿から一切れのリンゴをつまみ上げる。

「ウサギカットだ！　このリンゴ、ウサギカットされてるぞ！」

ベテランの剣士さんが声をかけると、周りにいた人たちが興味をそそられて集まってくる。

「今の一瞬で、空中でウサギカットしたのか？　信じられねぇ、凄すぎるよ、キミ」

ベテラン剣士さんは、お財布を丸ごと僕たちの前においてある箱に入れてくれた。

修行の間に息抜きで覚えた遊びだったが、思わぬところで役に立ってくれた。

「見れなかった！　もう一回、もう一回やってみせてよ！」

「イカサマしてないか俺が確かめてやる！」

僕たちの周りには、たくさんの人が集まってきていた。

「では、もう一度ご覧にいれましょう」

僕は切りわけたうちのリンゴを一つかじる。そして、残った種を地面に落とす。

「植物魔法〝グローアップ〟発動」

地面から、元気に芽が飛び出す。そして、どんどん成長して木になる。枝には真っ赤なリンゴが実っていた。

「すごい！　一瞬で木が育った！」

「大道芸ってレベルじゃなくないか!?」

「何者なんだお兄さん！」

そして僕はまた、リンゴを空中でウサギカットしてみせる。

観客は大盛り上がり。特に子供には大ウケだった。

「じゃあ次は私の番！　私はね、トランプマジックを見せちゃうよ！」

僕と入れ替わりで、大道芸人に変装したマリエルが前に出る。

「さぁ、この中から一枚カードを引いて」

マリエルがトランプの束を裏向きに広げて、近くにいた子供に差し出す。子供は、元気に一枚のカードを抜き取る。

「えーとね、キミが今選んだカードは……」

マリエルがポケットに手を突っ込む。

「これかな？　スペードの４！」

マリエルがポケットに手を突っ込んで……剣を取り出した。刃には大きく〝４〟と書かれている。

「え？　えええ!?　お姉ちゃん、今どっからその剣出したの!?」

「どこって、ポケットからだよ？」

マリエルが大袈裟にとぼけてみせて、また剣をポケットにしまう。

もちろん、ポケットから出し入れしているように見せて本当は異次元倉庫から出し入れしている。

異次元倉庫は有名な才能《ギフト》なのですぐバレるネタなのだが、目の前で披露するとネタがバレていても驚いてもらえるようだ。

その後マリエルはポケットから大量のトランプを出したりテーブルや椅子を出したりして、お客さんを大いに驚かせていた。

「それじゃあ最後のネタ行くよ！　今日はなんと！　お客さんを大変身させちゃいます！　そうだな……そこのアナタ！　今日はアナタを変身させちゃいます！」

マリエルが、前の方にいた一人の青年を指差す。

「お、俺ですか？」

「そうアナタ！　さぁ、この変身ボックスに入って！」

マリエルが異次元倉庫から、人が一人すっぽり入ってしまえるほどの箱を取り出す。手前の面が扉になっていて、そこから青年がおずおずと入る。

〝バタン！〟

マリエルが箱の扉を閉める。

「さぁ行くよ！　変身スタート！　3、2、1……じゃーん！」

扉を開けると、箱の中には若い女の子が入っていた。

「お、俺女の子になってる？！？」

元青年だった女の子が驚きの声をあげる。当然、声も女の子になっている。

〝バタン！〟

マリエルがまた扉を閉める。

そして開けると。

「今度はムキムキのオッサンになってる!?」

筋骨隆々の中年男性が立っていた。

それからマリエルは何度も扉を開け閉めする。

少年に若返ったり。老人になったり。今のマリエルと全く同じ姿になったり。中にいる青年は、何度もいろいろな姿に変身する。

「凄い、何かの才能《ギフト》を使ってるんだろうけど全然タネがわからない……！」

「何が、何が起きてるんだ？？？」

「お姉さんすごーい！」

観客の興奮は絶好調だった。

もちろんこれにもタネがある。実は、今箱の中に入っているのはカエデだ。最初に青年に変装して観客に紛れてもらっていたのだ。

マリエルが扉を開け閉めするたびに、カエデが中で変装しているというわけだ。

しかし筋骨隆々の中年男性に変装するのはまぁわかるとして、どうやって自分より小さい少年やマリエルに変装しているのだろう。シノビ凄いなぁ。

「や、やっと元に戻れた……！」

最初の姿に戻った青年《カエデ》が箱の外に出ると、観客から惜しみない拍手が送られる。

「今回はコレで終わりです！　見に来てくれてありがとうございました！　今日の午後から、街の反対側の広場でまた同じ芸をやるので、良ければ友達と一緒にまた来てください！」

マリエルが終わりの挨拶をすると、また盛大な拍手が巻き起こる。僕たちの前に置いている箱に、次々とおひねりが投げ込まれていく。驚きのあまりお財布を丸ごと入れてくれる人もちらほら現れた。

「これだけ人気なら噂が広まって、午後の回にも沢山人が集まってくれるだろう」

そして午後。狙い通り、街の反対側の広場には沢山の人が押し寄せていた。僕達は、午前と同じように大道芸を披露していく。

「ホント、何度見てもすげぇよ！」

「一体どうやってるんだ？」

「お兄ちゃん達すごーい！！！」

午後の部も、子供から大人まで大人気だった。おひねりの箱には、お金が山盛りになっている。

街は僕達〝氷炎17〟の話題で持ちきりだった。

そして、その帰り道。

カエデにはまた別行動してもらい、僕とマリエルの二人で宿へ向かっている。

僕達が人気の少ない路地を歩いているとき。

「……やっぱり、兄貴だったか」

後ろから、カストルが話しかけてきた。

——ずっと昔。カストルが修行を投げ出す前。僕とカストルは、二人で隠れてある剣術の特訓をしていたことがある。

そして編み出した剣技に、氷と炎、そして17という数字が入っている。〝氷炎17〟という変な大道芸一座の名前には、僕とカストルにだけ通じる意味が込められていたのだ。

大道芸の噂がカストルの耳に入れば、必ず気づいてくれると信じていた。

そして実際、カストルは僕達の前に現れた。

ボロボロの布をローブのように纏って顔を隠しているが、声と雰囲気でわかる。紛れもなくカストルだ。

「……これまで、俺は兄貴を陥《おとし》れようとした。本当にすまねぇ」

カストルが、頭を下げる。

「許してくれとは言わねぇ。だけど、もし俺をまだ弟と思ってくれているのなら。どうか一つだけ頼みを聞いてほしい」

カストルは、ローブから何かを取り出して、両手で僕に差し出す。それは、泥だらけの子犬だった。

「俺じゃこれ以上、この犬を匿えねぇ。エサも足りねぇし、怪我もちゃんと手当てしてやれねぇ。それに、俺と一緒にいたら、こいつまで魔族と勇者に捕まって今度こそ殺されちまう。……俺にはもう他に頼れるやつがいない。兄貴、どうかこいつを頼む」

カストルがまた深々と頭を下げる。

〝クゥ～ン〟

子犬が、僕達とカストルの方を不安そうに見比べている。

「……わかった。頭を上げてくれ、カストル」

「兄貴……」

僕は、カストルの腕を掴む。

「宿はすぐ近くだ。カストル、お前も来るんだ」

僕はカストルの腕を引いて、宿の方へ向かう。

「ちょっと待てよ兄貴！　俺のことはいいって！　この子犬だけ預ければ俺は――」

「いいわけないだろう！　早く！　人目に付かないようにさっさと行こう！」

僕とカストル、そしてマリエルは駆け足で宿の自室に戻る。

「なんでだよ、兄貴……。俺は今、指名手配されてるんだぞ？　俺なんか匿ったら、兄貴まで巻き込まれちまうんだぞ」

宿の部屋で、カストルが僕をにらみつける。

「わかってる。話は後だ。ベッドの下に隠れていてくれ」

宿屋の階段を、いくつかの足音が上ってくる。そして、ノックもなしに扉を開けられた。

「王国憲兵団だ。この部屋に、指名手配されている男が匿われているという目撃情報があった」

部屋に押し入ろうとしているのは、揃いの甲冑をまとった王国憲兵団。それに、後ろには見覚えのある豪華な甲冑姿の男も控えている。

勇者ラインバート。相変わらず、凄い威圧感を放っている。

思ったより早く来たが、こうなることは想定済だ。既に、策は打ってある。

「さぁ、部屋の中を調べさせてもらおう。妙な動きをするなよ」

王国憲兵団達が、部屋に入ろうとしたそのとき。

「おいお前ら、俺を探してんのかよ？」

後ろから声を掛けられ、勇者ラインバートと王国憲兵団が振り返る。

そこには、カストルが立っていた。

「俺ならここだぜ。憲兵団も勇者サマも、一体どこに目を付けてやがる」

「なんだとてめぇ！」

カストルの挑発に激昂した勇者ラインバートが腰の剣を抜く。

「あばよ、マヌケども」

カストルは、軽い身のこなしで宿を出ていった。

「待ちやがれ！　今度こそぶっ殺してやる！　お前らも来い！」

勇者ラインバートと憲兵団達がその後を追いかけていってしまう。もうここに戻ってくることはないだろう。

「どういうことだ……？　俺がもう一人……？」

ベッドの下から出てきたカストルが、唖然としていた。

「今のは僕の村の仲間、カエデだ。変装と潜入の達人でとても素早い。こんなこともあろうと、予め助けてくれるように頼んでおいたんだ」

「そ、そうか……すげぇな、兄貴の村の仲間は」

きっと今頃カエデは、全く違う姿の人間に化けて悠々と逃げ切っているはずだ。

僕は、治癒魔法でカストルと子犬の怪我を治す。宿の女将さんに事情を話して、部屋をもう一つ借してもらいカストルにはそこで過ごしてもらうことにした。

子犬は部屋に置いておくわけにはいかないので、女将さんに預かってもらった。

「兄貴。俺が魔族と出くわしたのは、北の方の繁華街の裏路地だ。もしかすると、その近くに魔族の拠点があるのかもしれねぇ」

疲れ切った様子のカストルが、静かにそう教えてくれた。

「わかった。情報ありがとう、カストル。行ってくるよ」

「それから兄貴……いや、何でもない」

カストルは、何か言いかけてやめた。そして、自分の部屋に入っていった。

「メルキス。カストル君といろいろ話しておきたいことあるんじゃないの？」

僕達の様子を静かに見守ってくれていたマリエルが、僕に話しかける。

「確かにいろいろ話したいことはあるけど……カストルは疲れてるだろうし、また後にするよ」

そして、僕とマリエルは自分の部屋に戻った。

◇◇◇

メルキス達がカストルと合流した頃。

「おのれぇぇ……いつまでこの俺をこんな所に閉じ込めておく気だ……！」

ザッハークは、魔族の拠点の中でいらだっていた。

「この街に来てから、ずっとこんな地下に閉じ込めっぱなし！　魔族には苦にならんのかもしれんが、俺には我慢ならん！　時間感覚が狂う！　息が詰まりそうだ！」

ザッハークがいる魔族の拠点は、暗い地下である。魔族は、街の下に地下通路を掘ってそこを拠点としていた。

細い道が曲がりくねり、絡みあいながら果てしなく伸びている。

明かりはロウソクの火のみ。暗闇に適応している魔族には快適だが、人間のザッハークにとってはとにかく過ごしづらい環境だった。

「フフフ。太陽が恋しいですか、伯爵。しかし、しばらくのあいだどうか辛抱を。私はともかく、他の魔族はまだあまり伯爵のことを信用しておりません。地上に連れていった途端に逃げ出して、メルキス達に我々の企みやこの拠点を伝えるのではないかと疑っているのです」

「そんなことを今更俺がするわけがないだろうが……。ぐぬぬぬぬ」

「まぁまぁ。たまには差し入れを持ってきますので。しばらくの辛抱を」

ザッハークの長い地下生活は続く。

しかし。

「もう限界だ！　ジメジメしているし暗いし狭いし魔族の酒はまずいし！　何としても地上に抜け出してハメを外してやる！」

ザッハークはそう決意した。

思い立ってからのザッハークの行動は早かった。

王国騎士団副団長に相応しい隠密行動能力と調査能力をフルに発揮し、見回りをしている魔族達の視線を掻い潜って、地上へ遊びに行くための準備を始めた。

「こっそりと、こっそりと……」

魔族にバレれば、最悪裏切り者と思われて処分される。それでもザッハークは地上に遊びに出たかった。

「よし、この道は一〇分おきに魔族が見回りに来る、と」

手元のメモに、魔族の拠点の地図と見張りの位置などを細かく書き込んでいく。時間をかけてザッハークは少しずつ、魔族に見つからずに動ける範囲を広げていった。

「ふふ、俺の勘だともうすぐ地上に繋がる道が見つかるはずだ」

そのとき。

「誰だ！　誰かそこにいるのか⁉」

ザッハークが慌てて振り返ると、そこには牢屋があった。そしてその中には、ザッハークの知っている人間が閉じ込められていた。

ルスカン・アンドレオーニ伯爵。

この街の領主であり、ザッハークの友人でもある。

ルスカン伯爵は魔族に捕らえられ幽閉され、地上では魔族がルスカン伯爵になりすまして街を実質的に支配している。

そして本物のルスカン伯爵は今、ザッハークの姿を見て、

「ザッハーク！　なぜ貴様がここにいる！　まさか貴様、魔族に寝返って――むぐっ」

牢屋の隙間に腕を差し込み、素早くザッハークがルスカン伯爵の口をふさぐ。

（ここでルスカン伯爵に大声を出されては、俺が脱走を企てているのが魔族にバレてしまう！　なんとしてもルスカン伯爵に静かにしてもらわなければ……！　そうだ！）

ザッハークは、頭をフル回転させてこの場を乗り切るための作戦を編み出す。

「静かにするのだルスカン伯爵。俺は今、魔族の仲間になったフリをして潜入調査をしているのだ」

「潜入調査だって……？」

ルスカン伯爵が落ち着いたのを確認して、ザッハークはルスカン伯爵の口を押えていた手を放す。

「そう。潜入調査だ。魔族に寝返ったフリをして拠点にもぐりこんでいる。この拠点のことを調べ上げたら地上にいる対魔族特殊部隊（大嘘、そんなものはいない）に情報を渡して、一瞬で魔族どもを叩き潰してやる。もちろん、おまえのことも助け出してやる」

「そうだったのか、ザッハーク。すまない、一度でも友であるお前のことを疑ってしまった俺を、どうか許してくれ」

ルスカン伯爵の頬を、涙が伝う。

「はっはっは。気にするな、俺とお前の仲ではないか。ここから無事脱出できたら、一杯おごってくれればそれでいいさ」

ザッハークは内心胸を撫でおろしながらそう言った。

「ということで、もうしばらくここで待っていてくれ。必ず俺がお前を助け出してやる」

「頼んだぞ、ザッハーク」

二人は牢屋の格子をはさんで、こぶしを軽くぶつける。

そしてザッハークは、再び地上への道を探し始めるのだった。

（すまんなルスカン。俺にはお前を助け出せるだけの力はない。俺だけでも生き延びさせてもらうぞ）

そんなことを考えながら、ザッハークは地上への道を探し続ける。

そしてついに。

「見つけたぞ、地上へ繋がる道だ！」

吹き込んでくるわずかな風。間違いない、この道が地上へ繋がっている。

ザッハークはそう確信して道をひた走る。そして、突き当たりの扉を喜び勇んで開ける。

「地上だ……！」

ザッハークが開けたのは、狭い路地の突き当たりにある小さな扉。知らなければ、誰も地下通路につながっているとは思いもしないようボロく汚く偽装されている。この街には魔族の拠点に繋がる出入口がいくつかあるが、その中でも特に小さい出入口である。

「ああ、日光のありがたみを感じるぞ！」

ザッハークは両腕を開いて陽の光を全身で浴びる。

「余り長く地上にいると魔族どもに怪しまれるからな。さっさとうまい酒を一杯飲んで、地下に戻らねば」

そう言ってザッハークは近くの飲食店街へと向かう。

「むむ、どの店で一杯やるか迷うな……」

ザッハークは真剣に店を選ぶ。

「よし決めた！　前にルスカンと入ったこの店にしよう！　あのとき飲んだ酒は本当に美味かった！」

舌なめずりをしながらザッハークが店に入ろうとしたとき。

「父上……!?」

後ろからの、この世で一番聞きたくない声を聞いた。

〝ギギギ……〟という音が聞こえそうなほどゆっくり振り返ると、そこにはメルキスが立っていた。

「ああああああああああああああああああああああ！」

悲鳴をあげながら、反射的にザッハークは走りだす。

「何故だ！　何故メルキスがこの街にいるのだ！」

パニックになりながらザッハークは走る。そしてなんとかメルキスを振り切って、出てきた魔族の拠点の扉へ素早く入る。

「助かった……殺されるかと思った……!!」

と胸を撫でおろすザッハーク。

「地上の酒を飲めなかったのは残念だが、命があっただけありがたく思おう」

そう言ってザッハークは何の気なしにポケットに手を入れる。しかし。

「ない、ないぞ！　俺が頑張って作った魔族の拠点の地図がない！　さっき走ったときに落としたか……！　ぐぬぬぬぬぬ」

ザッハークは歯を食いしばる。

「いかん、そろそろ戻らないと魔族どもに怪しまれる。酒を飲むのは今度にするか。地図のことは残念だったが、ある程度頭に入っているし、なくても問題はあるまい」

そう言ってザッハークは、元居た部屋へとぼとぼと戻っていった。

◇◇◇

「父上……!?」

カストルの『北の繁華街の方に魔族がいるかもしれない』という情報を元にやってきた僕は、信じられないものを見た。

なんと、父上が街を歩いているではないか!

魔族に捕らえられているはずの父上が、なぜこんなところにいるのかはわからない。だが間違いない、あれは父上だ。

僕は父上の方へ駆け寄るのだが——

〝シュバッ〟

父上は、すごい勢いで走り去ってしまった。

「待ってください、父上!」

僕は父上を追いかけようとする。そのとき。

〝ポロッ〟

父上のズボンのポケットから、何か紙のようなものが落ちた。

「父上、何か落としましたよ！」

僕は紙を拾う。そしてそこに書かれているものを見て愕然とした。

「これは、魔族の拠点の地図……!?」

魔族の潜む地下拠点の詳細な地形と、魔族が巡回するタイミングなどがとても細かに記されている。

そして、この街の領主である本物のルスカン伯爵が幽閉されている場所も。

「この地図があれば、ルスカン伯爵を助けに行けるぞ！」

そして魔族の拠点の入口はすぐに見つかった。父上が入っていった狭い路地を調べると、小さな扉が地下に通じていたのだ。

「さっそく街のレジスタンスさんと村の仲間に知らせて、突入しよう」

こうしていよいよ魔族の拠点襲撃計画がスタートしたのだった。

◇◇◇

「――というわけで、魔族の拠点を発見しました」

夜。

僕は以前掘った地下通路を通って街の外に出て、街のはずれにある森に来ていた。

森には、村の仲間が勢ぞろいしている。

戦闘慣れしている、タイムロットさんが率いる街の冒険者の皆さん。

隠密行動が得意なカエデが率いるシノビの一族。

シノビに技術を教わったキャト族さんたちは人間への変装ができない代わりに、シノビよりも俊敏に動けて小柄なので狭い所に隠れることもできる。

そして王女であるマリエル。

レインボードラゴンのナスターシャ。

魔法の達人、大賢者エンピナ様。

スピードだけなら誰にも負けない剣士のジャッホちゃん。

村の仲間ではないが、三〇〇年前に魔王を倒したこともある英雄カノンもいる。

しかも、多くのメンバーはドワーフさん達が鍛えてくれた武器を持っている。とてつもない戦力だ。

これだけの戦力が集まれば、小国が相手なら戦争だってできるだろう。

「魔族の拠点には、この街の領主である本物のルスカン伯爵が捕らわれています。勇者も人類を裏切って魔族に付いています。魔族の拠点に潜入してルスカン伯爵を助け出し、魔族達と勇者を倒す。簡単なことではありません」

勇者の名が出ると、村の皆さんが緊張したのがわかった。

「ですが！　これだけの戦力が集まっていれば勝てると僕は信じています！　勝って、魔族の企みを打ち砕きましょう！」

「「「うおおおお!!」」」

僕が激励《げきれい》すると、タイムロットさんと冒険者たちが拳を力強く突き上げる。

「無論我らも主人殿のために死力を尽くします。さぁ、御命令を」

カエデ率いるシノビ達が音もなく一切にひざまずいた。

「ワ、ワタシもできる限りのご協力はしますぅ……。怖いですけど……」

ナスターシャが、震える声で小さく拳を上げる。

「ボクも村の一員として全力を出すよ。メルキス君に貰った力、実戦で試してみたいと思っていたしね」

ジャッホちゃんが優雅に髪をかきあげる。

「我も同じく、新しく試してみたい技がある」

エンピナ様が好戦的な笑顔を浮かべている。後ろでは、クリスタルが見たことのない不思議な色で光っていた。前々から思っていたが、研究家でありながらエンピナ様は割と戦闘に前のめりなところがある。

「三〇〇年前は負けたが、今度こそ勇者をぶちのめして、アタシの方がつぇえってことを証明してやる！」

カノンは胸の前で拳を打ち合わせている。

これだけのメンバーが揃えば、勇者にだって勝てる。僕は胸を張ってそう言える。

「では、行きましょう。夜明けと同時に作戦開始です。まず、魔族に気取られないように僕が掘ったトンネルで街の中に潜入してください。街には、勇者に抵抗するレジスタンスの皆さんがいます。彼らに協力してもらいながら、街に散らばって待機。夜明けに再集合して一気に突入しましょう」

「「「了解!!」」」

こうして夜の闇の中、密かに作戦の準備が始まった。

村の仲間は、少しずつトンネルを潜っていく。

「お待ちしていました。それでは、ご案内します」

トンネルを潜って、ユーティアさんの酒場の地下にあるレジスタンスの隠れ家に出た村の仲間は、レジスタンスのメンバーに連れられて、別の隠れ家へと移動する。

夜の闇に紛れて、少しずつ、決して怪しまれないように街へ潜入していくのだ。

一箇所に大人数が集まると魔族に怪しまれる可能性があるので、街のあちこちにあるレジスタンスの隠れ家や、レジスタンスメンバーの自宅にバラバラに匿ってもらう。

村の皆さんには、魔族の隠れ家への入り口の地図を渡してある。

夜明けとともに地図の場所へ集合して、一気に突入する。奇襲からの短期決戦だ。

僕はレジスタンスのアジトに待機して、村の仲間が街に潜入するのを最後まで見届けた。

「大丈夫、うまくいくはずだ」

しかしボクは、妙な胸騒ぎを感じていた。何だろう。魔族が何か罠を仕掛けているだとか、そんな不安ではない。計画の一部に綻《ほころ》びがあるような。そんな引っ掛かりだ。

「どうしたの、メルキス?」

マリエルが心配そうな顔で覗き込んでくる。

「いや、何でもない」

僕は首を振って不安を振りきる。

みんなに指示を出す僕が不安そうにしていては、士気に関わる。この違和感のことは頭に残しておきながらも、僕は堂々と構えることにした。

「それより、僕たちも宿に戻ろう。作戦開始まで、まだ時間がある。少し休んで、万全の状態で作戦に向かおう」

「そうだね。相手はあの〝勇者〟なんだもん。ベストコンディションにしないとね」

マリエルが手を出してくる。

「さぁ、帰ろう」

僕はマリエルと手を繋いで宿に帰り、しばらく眠った。

◇◇◇

「……さぁ、そろそろ行くか」

夜明け前。目が覚めると、身体が軽い。

「準備万端って感じだね、メルキス」

隣には、既に身支度を整えているマリエルがいた。

「非戦闘員のマリエルは、安全な場所にいてもいいんだぞ？」

「いや、行くよ。流石に魔族の拠点に乗り込みはしないけど、できるだけ近くでサポートするよ」

「確かに、何が起きるかわからないからな。臨機応変にいろいろサポートできるマリエルの〝異次元倉庫〟が役に立つ場面もあるかもしれない」

「でしょ!?」

目を輝かせてマリエルが一歩迫ってくる。

「……わかった、一緒に来てくれ。ただ、絶対に戦闘には参加しないこと。そして危ないと思ったらすぐに逃げてほしい」

「もう、心配症なんだから」

と言いつつ、マリエルはなんだか嬉しそうだ。

「それじゃあ、行こう」

僕達は、宿の部屋を出る。途中で、カストルがいる部屋の前を通りかかった。

「カストル、お前を陥れた魔族は必ず僕が倒してやるからな」

僕は部屋の前でそっと呟く。

そして宿を抜け出し、夜明け前の街を歩いて魔族の地下拠点の入り口へと向かった。

「おはようございます、領主様。マリエル様」

入り口の前には、既に村の冒険者さん達が何人か集まっていた。

「おはようございます、みなさん」

「おはよう。みんな特にトラブルもなく集まってるみたいだね」

マリエルの言う通り、街のあちこちから村の皆さんが続々と集結しつつある。

「領主様、準備できましたニャ！」

僕にそう声を掛けてきたのは、黒装束を纏ったキャト族さん。キャト族の中でも、シノビの技を学んで一番腕が立つ人だ。

作戦では、彼が魔族の拠点に単独で忍び込み、ルスカン伯爵を助け出す。そして救出次第、全員で突入するのだ。

もしルスカン伯爵を助ける前に全員で乗り込むと、伯爵が戦いに巻き込まれたりパニックになった魔族に殺されてしまう恐れがある。

魔族と勇者に食い物にされたこの街を立て直すには、領主であるルスカン伯爵の力が絶対に必要だ。なんとしても助け出さないといけない。

父上も地下拠点で魔族に捕らわれているが、心配はしていない。一度地上に脱出できていたのだから、混乱に乗じてもう一度脱出するか、近くの魔族の剣を奪って僕達が助けに行くまで生き延びるくらいのことは簡単にやってのけるはずだ。

「魔族に囚われているルスカン伯爵の救出、よろしくお願いします。重要な任務ですが、くれぐれも無理はしないでください」

「おまかせくださいニャ！　必ずルスカン伯爵と一緒に無事に戻ってきますニャ！」

キャト族さんが自信満々に腕を組んでみせる。

「主人殿、彼は修行期間は短いですが腕は十分です」

隣にいたカエデが太鼓判を押す。

「キャト族は我々よりも小柄で素早く、夜目も利くので隠密行動を行うのにうってつけの人材です。それにご覧ください、この肉球」

カエデが一人のキャト族さんの手を取って、手のひらを見せる。

「このプニプニの肉球のおかげでキャト族は音もなく行動できるのです。これは、隠密行動を専門とするシノビにとって強力な武器ですよ」

カエデが肉球をプニプニと触りまくる。

「……あの？　カエデ師匠？　そろそろ離してほしいニャ」

キャト族さんがカエデを見つめる。

「おっと失礼。私としたことが、プニプニ触感に夢中になってしまいました。とにかく、キャト族の隠密行動の技術は私が保証します。彼らなら、必ず任務を成功させるでしょう」

「わかった。それは頼もしい。では、作戦を始めましょう」

僕が合図すると、キャト族さんが魔族の拠点の扉を開ける。

「では、行ってきますニャ！」

そして、暗い闇の中に消えていった。

◇◇◇

「さぁ、任務スタートだニャ」

メルキス達に見送られて魔族の拠点に足を踏み入れた彼は、小さく呟くと足音を殺して地下の道を進み始める。

メルキスから渡された、魔族の拠点の地図はバッチリ頭に入っている。

蝋燭《ろうそく》がポツポツと灯されているだけの暗い地下の道も、キャト族にとっては昼と変わらない。難なく魔族の拠点を進んでいく。

（お、見張りの魔族がいるニャ）

キャト族の行く先の通路を、魔族が歩いている。

（メルキス様からもらった地図の通りだニャ）

地下通路への侵入者など、これまで一度もいたことがないものの、見張りの魔族は決して油断することなく、侵入者を絶対に見逃すまいという気持ちで巡回している。

しかし。

（楽勝だニャ）

キャト族は、見張りの魔族の後ろを全く気取られずに通過する。

（全然気づかれなかったニャ。一時間あの魔族の後ろでダンスしててもバレない自信があるニャ）

そんなことを考えながら、キャト族はどんどん魔族の拠点奥深くへと進んでいく。途中何度か巡視中の魔族を見かけたが、難なく目を掻い潜った。

そして。

（着いたニャ）

潜入開始から三〇分ほど。

ついに、ルスカン伯爵が囚われている牢屋にたどり着いた。

（ルスカン伯爵様、助けに来ましたニャ！）

キャト族が、ルスカン伯爵に向けて囁く。

（おお！　待っていました！）

ルスカン伯爵が顔を喜びでいっぱいにしつつ、静かに答える。

キャト族は、ルスカン伯爵が驚いて大きな声を出さなかったことにホッとする。ここが、この作戦の中で一番危険なポイントだったのだ。

（待っていた？　助けが来ることを知っていたのニャ？）

（ああ。我が親友、ザッハーク・ロードベルグがつい昨日ここへ来て、もうすぐ助けを寄越すと言っていたのです。まさか、キャト族が助けに来てくれるとは思わなかったですがね。さぁ、ここから出してください）

（おまかせくださいニャ！）

キャト族は、懐から金属製の道具を取り出す。

クナイ。シノビが扱うナイフを兼ねた飛び道具である。

（危ないから、ちょっと離れててほしいニャ）

(う、うむ。しかし、そんな小さなナイフで鉄格子が斬れるのですか？　君も小柄で、力自慢のタイプには見えないが……)

下がりながら、ルスカン伯爵は不安そうにそう口にする。

(心配ご無用ニャ。いくのニャ！)

キャト族が、クナイを横に振り抜く。すると、

〝スパッ！〟

鉄格子が、あっさりと両断された。

(す、すごい！　なんという技……いや、そのナイフの切れ味がすごいのか？)

ルスカン伯爵が尻餅をつく。

(そうなのニャ！　このクナイは、材料は普通の鉄だけどレインボードラゴンの炎を使ってドワーフさん達が鍛えた、究極の一品なのニャ！)

と、キャト族が胸を張る。

(さぁ、一緒に来るのニャ！)

キャト族は、ルスカン伯爵の手を取って地上へ向けて走り出す。

侵入するときはキャト族一人だったので巡回中の魔族に気づかれることはなかった。しかし、今は違う。気配を消す訓練など全く受けていないルスカン伯爵がいる。

「む？　おい人間！　貴様なぜ牢から出ている！」

ルスカン伯爵に気づいた魔族が、剣を抜いてルスカン伯爵に襲いかかる。

「忍法〝煙玉の術〟ニャ！」

キャト族が、懐から取り出した小さな玉を地面に叩きつける。玉から煙が猛然と噴き出し、魔族の視界を塞ぐ。

「ゲホッゲホッ！　なんだこれは！」

魔族が咳き込み、キャト族とルスカン伯爵を見失う。

「ルスカンさん、今のうちニャ！」

キャト族が、ルスカン伯爵の手を強く引いて走り出す。ルスカン伯爵は、自分の手を引く小さな肉球のついた手を信じて、前が見えないままただ走ることしかできなかった。

「なんだ貴様ら、止まれ！」

行く手に、また新たな魔族が立ち塞がる。キャト族は再び煙玉を使って魔族の視界を塞ぎ、強引に突破する。

そんなことを繰り返して、いよいよ地上への出口が近づいてきた。

「頑張るニャ、ルスカンさん。もう少しで出口だニャ！」

「ゼェ、ゼェ……！」

返事をする余裕がないほど、ルスカン伯爵は疲労していた。

ザッハークとは違い、ルスカン伯爵は剣術の訓練などしたことがない。身体能力は一般人と同じ。しかも、数年間地下に幽閉されていたためさらに身体は鈍っている。

それが急に全力疾走したので、完全に体力が尽きている。走るどころか、フラフラと歩くだけで精一杯だ。

「ゼェ、ゼェ……！　私はもう、ここまでのようです……！　君だけでも逃げてください」

息を切らしながら、必死にルスカン伯爵が声を絞り出す。

「そういう訳にはいかないニャ！　なんとしても、無事に地上まで帰ってもらうニャ！」

キャト族が力強く首を横に振る。

しかし、そうしている間にも魔族たちが走って追いかけてくる。

「逃がさないぞ人間め！」

「お前は絶対に地上に出さない！　ここで殺してやる！」

魔族達がルスカン伯爵を殺さずに監禁していたのは、万一の際の人質にするためである。しかし、それが地上に逃げれば、今街を治めているルスカン伯爵が偽物だとバレてしまう。

そうなるくらいならルスカン伯爵をここで殺した方がいいと魔族達は判断した。魔族達は伯爵に追いついた瞬間、剣で斬り殺すつもりで追いかけている。

「忍法〝まきびしの術〟ニャ！」

キャト族が、何かを地面にばら撒く。

まきびし。特殊な形状をした、金属製のトラップである。地面に撒《ま》くと必ず複数の棘《とげ》の内の一つが上を向くようになっている。

「痛い！　チクショウ、なんか尖ったものをばら撒いてやがる！」

まきびしを踏んだ魔族の一人が、激痛で足を止める。靴を履いていたが、まきびしの棘は靴底を貫通していた。

　まきびしの前で魔族達が足を止める。

「俺がいく！　俺は厚底のブーツを履いている！　俺のブーツならこんな棘くらいなんともないハズだ！」

　そう言ってまきびしが撒かれたエリアに足を踏み入れるが――

「痛ってええぇぇ!!」

　たまらず悲鳴を上げる。

「このまきびしもナスターシャさんとドワーフさんが協力して作ったものニャ！　鉄製の鎧だって楽々貫通するニャ！」

「ははは。なんと頼もしい……！」

　ルスカン伯爵は、苦しみながらもなんとか歩き続ける。

　そして、ついに地上へとたどり着いた。

「着いたニャ！　やっと地上に出られたニャ！」

「おお、数年ぶりの陽の光……！　ありがとうございました、キャト族さん」

　久しぶりに浴びる陽の光に、ルスカン伯爵は目を細める。

「ルスカン伯爵！　お怪我はありませんか!?」

　そんな彼のもとに、メルキスが駆け寄ってくる。

「ええ。おかげで無事です。君は……メルキス君か!?　大きくなったな！」

「お久しぶりです、ルスカン伯爵。積もる話はありますが、後にしましょう」

メルキスが大きく息を吸い込む。そして、最大限の声で叫ぶ。

「ルスカン伯爵は無事救出した！　今から、全戦力を投入して魔族どもと勇者を倒す！　全員、突撃！」

「「応!!」」

メルキスの号令で、村の戦力が一気に雪崩れ込んでいく。

「あ、途中にまきびし巻いてあるから気をつけるニャ！」

◇◇◇

地下の魔族の拠点の中は、慌ただしくなっていた。

「捕まえていた人間に13番出口から逃げられた！　なんとしても追いかけて捕まえろ！」

「今度は13番出口から人間どもが乗り込んできたぞ！　迎え撃て！」

魔族達が武器を手に取って出口前に集結する。襲撃の知らせは、拠点中にあっという間に広がっていく。

「オラァ！　どきやがれ魔族ども！」

タイムロットが豪快に斧を振り回して魔族を蹴散らしていく。

「クソ！　強いぞこの人間ども！　応援を呼んでこい！」

出入り口前の地下通路は、混戦になる。

メルキス達が強いとはいえ、地下通路は狭い。そこに魔族がぎっちり集まっているので、なかなか押し進めないのだ。

しかし、一つの声で事態が大きく変わる。

「おい、人間どもが6番出口からも入り込んできやがった！」

そう叫びながら、一人の魔族が慌ててやってくる。

「なんだと!?」

メルキス達と戦っていた魔族が焦ったような声を出す。

「ここの人数を減らして早く来い！」

「目の前に敵がいるんだぞ!?　ここを離れるわけには――」

戦っていた魔族達は、迷う。

「そんなこと言ってる場合か！　あっちは今誰もいないんだ！　人間どもに素通りされるぞ！」

魔族は迷う。そして、

「仕方ない！　半分は6番出口に行くぞ！」

魔族達が半分その場を離れていく。

「ふふ。魔族達、大慌てじゃないか」

優雅にジャッホが剣で突き刺しながら、魔族を仕留めていく。戦闘の最中だというのに、剣を振る所作には華やかさがあった。

「くそ！　この人間ども本当に強い！　このままじゃ本当に押し切られる……！」

魔族がだんだん押されていく。13番出口を守る魔族が全滅するのは、時間の問題だった。

――一方、拠点の奥。６番出口に向かった魔族達は。

「おい！　人間なんていないじゃないか！」

人間が一人もいないことに困惑していた。

「扉も最近開け閉めされた形跡がないな……誰だよ、『６番出口から人間が攻め込んできた』なんて言ったヤツは！」

魔族達が、お互いの顔を確認する。しかし、『６番出口から人間が攻め込んできた』と最初に伝えに来た魔族はいつの間にかいなくなっていた。

「どういうことだ……？」

魔族達は首をかしげる。そのとき。

「大変だ！　18番出口からも人間どもが攻め込んできたぞ！」

「こっちもだ！　４番出口に人間が来てる！」

「７番出口にもいるぞ！　どうなってるんだ今日は！」

慌てた三人の魔族がやってきて、口々に叫ぶ。

「馬鹿な、最初の襲撃も合わせて四方向からの同時攻撃だと……!?」

魔族達は混乱する。

「こっちに応援に来てくれ！　人間どもに出入り口を突破される！」

「いや、こっちが先だ！」

「こっちの方が差し迫ってるんだよ！」

どこを守りに行くかの言い争いが始まった。

「わかった、落ち着け！　三手に分かれて向かおう！　今はそうするしかない！」

数十人いた魔族達が、一〇人前後のグループ三つに分かれて人間が攻め込んできたという出入り口へそれぞれ向かう。

そしてまず、最も近い7番出口に向かった魔族達は、またもピンチを迎えていた。

「戦力を分散させたのは迂闊《うかつ》でしたね」

先頭を走っていた魔族が突然、ナイフを持って他の魔族に襲いかかる。

「ぐわあああああぁ！」

刺された魔族は、黒いもやになって消滅した。

「おいお前、どういうつもりだ！　……まさかお前、変装した人間か！　最初に攻め込んできたとき、乱戦のどさくさに紛れて潜り込んでやがったのか！」

「その通り」

ナイフを手にしていた魔族が、一瞬で変装を解く。現れたのは、人間の少女。魔族に変装していたカエデだった。

「人間どもがあっちから攻め込んできたと情報を流したのもお前の仕業だな？」

「ご明察。数十人をまとめて相手するのは少し面倒ですが、こうして攪乱《かくらん》して人数を分けてしまえば楽に片付けられます」

クナイを構えたカエデが、魔族に対して淡々と告げる。

「人間風情が大口叩きやがる！　おまえら貧弱な人間なんぞ、不意打ちさえ食らわなければ全く恐れるに足りん！　一瞬で片付けてやる！」

魔族が剣を引き抜いてカエデに斬りかかる。

「忍法〝煙玉の術〟」

カエデが小さな球を地面に叩きつける。すると、もうもうと煙が立ち上る。

「クソ！　これでは輪郭程度しかわからん！　魔族と人間の区別が付かないぞ！」

剣を構えて自分の周囲を警戒する魔族達。しかし。

「ぐあああ！」

一人の魔族が刺し殺される。そして、刺し殺した影がまた煙の中へ消えていく。

「クソ！　来るな、誰も俺に近寄るなぁ！」

魔族達は、疑心暗鬼になっていた。どの人影が味方で、どの人影が自分たちの命を狙う人間なのか区別が付かない。そして。

「俺に近寄るなって言っただろうが！　お前が人間だな！」

〝ズバッ！〟

一人の魔族が、近くにいた人影に斬りかかる。しかし、斬られたのは別の魔族だった。斬られた魔族が黒いもやになって消滅する。

そこからは、大混乱だった。

「来るな！　来るなぁ！」

「お前が人間だな！　死ねぇ！」

パニックになった魔族達は、煙の中で近づく影に闇雲に攻撃し始めた。魔族が魔族を攻撃し、どんどん数を減らしていく。

煙が晴れたときには、魔族はたった一人しか残っていなかった。

「嘘だろ……⁉　俺以外、みんなやられちまったのか……？」

生き残った魔族は呆然と立ち尽くしていた。そして。

「その通りです。そして、あなたもここで終わりです」

後ろから冷たい声が掛けられる。魔族が振り返るより早く、

〝ドスッ〟

背中から、クナイがその胸を貫いた。

「く、そ……！」

魔族が黒いもやになって消滅する。これで、ここにいた魔族は全滅した。

「予定よりも早く片付きましたね。では、勇者の居所を探すとしましょう」

カエデは、魔族の拠点のより深いところ、ザッハークが作成した地図にない領域へと足を踏み入れる。

顔には、魔族を殺した達成感も、敵の懐へ忍び込む恐怖もない。いつも通りの涼しげな顔でカエデ

は任務を進めていく。

他の出入り口に散った魔族達も、カエデの部下のシノビ達によって同じ方法で全滅させられていた。

◇◇◇

拠点に突入した僕達は、魔族達と戦いを繰り広げていた。

「お前で、最後だぜぇ！」

タイムロットさんが豪快に斧を振ると、魔族が壁に叩きつけられる。

「くそ、人間ごときに負けるとは……！」

捨て台詞を吐いて、魔族が黒いもやになって消滅していく。僕達が突入した出入り口に集まっていた魔族は、これで全滅した。

「怪我をした人はいますか？　いたら、僕が魔法で治します」

という僕の呼びかけに応える人はいなかった。

「魔族達相手に無傷ですか。頼もしいです、皆さん」

「当たり前ですぜ領主様！　今から勇者をブチのめそうってのに、こんな下っ端ども相手に怪我してられやせん！」

と、タイムロットさんが斧を振ってみせる。

「こんな雑魚達では、ボクを敗北させるには全然足らないよ。やはり、ボクに剣で勝てるのはメルキス君だけだ。メルキス君、この戦いが終わったら久しぶりにボクと剣術勝負してくれないかい？」

「ジャッホちゃん、とりあえず話は魔族達と勇者を倒してからにしよう」

僕は、熱っぽい視線を向けてくるジャッホちゃんをたしなめる。

そこへ、音もなくひざまずいた姿勢でカエデが現れる。魔族に変装してデタラメの情報を流し、攪乱する作戦を実行してくれていたのだ。

「主殿、ご報告いたします。勇者と魔族の幹部達の部屋を突き止めました。恐らく、今もまだそこにいるかと」

「ありがとう。さすがカエデ、頼りになるよ」

「もったいなきお言葉……！」

ひざまずいた姿勢のまま、カエデがさらに頭を下げる。

いつも通りクールな無表情……を装おうとして、口元がにやけていたのを僕は見逃さなかった。言わないけど。

「いたぞ！　人間どもだ！」

「俺たちの拠点に乗り込んでくるなんて、命知らずな奴らめ！　後悔させてやるぜ」

拠点の奥から、また新しく魔族達がやってくる。

「領主サマ、ここは俺たちに任せてくだせぇ！」

タイムロットさんが、村の冒険者さん達とともに魔族へ突撃していく。

「わかりました！　お任せします。精鋭部隊は、僕と一緒に勇者や幹部達を叩きましょう！　カエデ、

「案内してくれ」

「承知しました！　こちらです！」

カエデに案内されて、僕達は魔族の拠点の最奥へ向かう。これも、予め立てていた作戦通りだ。村の中でも、特に戦闘能力が高い精鋭メンバーを集めて、一気に敵の主戦力を叩くのだ。

途中で数人の魔族と遭遇したが、こちらは村の精鋭が揃っている。瞬殺して、どんどん奥へと進んでいく。

「到着しました。ここが、魔族の幹部と勇者の部屋です」

案内された先には、四つの巨大な扉があった。

それぞれ、中から尋常ではない気配を感じる。

「魔族から奪った地図によると、それぞれの部屋に魔族の幹部が、一番右の部屋には勇者が待ち構えているそうです」

確かに、一番右のひときわ大きい扉から感じられる気配は段違いだ。

「わかった。ありがとう、カエデ。君は他のシノビさん達と一緒にまた魔族達を攪乱していてくれ」

「承知しました」

そう言って、カエデが一瞬で消える。

「では皆さん、行きましょう！　僕達は五人ですから、一人で幹部一人を倒せば——」

振り返って、僕はある重大なミスに気づいた。

村の精鋭メンバーとして選出したのは、

レインボードラゴンのナスターシャ
三〇〇年前の大英雄カノン
大賢者エンピナ様
村で最速を誇る剣士ジャッホちゃん
そして僕。この五人だ。

ちなみに、戦力としてはシノビの頭領カエデも申し分ないのだが、魔族たちの攪乱をしてもらいたいので精鋭メンバーから外している。

そして問題は。

「一人メンバーが足りない……！」

僕を入れても、今ここにいるのは四人。一人足りないのである。

「カノンがいない！」

僕が昨日感じた、妙な胸騒ぎはこれのことだったのか。

「英雄カノン。昨日までやる気満々だったから必ず来てくれると思っていたのに、なんでいないんだ……!?」

僕は内心頭を抱える。奇想天外な行動に振り回されることもあるが、その強さは間違いなく本物。

戦力としてあてにしていたのに……。

「ボクは昨日、カノンさんと一緒に二人でレジスタンスの方の家に泊めてもらったよ。今朝までは一緒だったんだが」

と言うのはジャッホちゃん。

「今朝の夜明け前、ここへ向かう途中でカノンさんが『お腹が空いたから、この時間でも空いてる酒場で軽く食事を取ってから行く』と言って別れたんだ。そういえばそれから見ていなかったな」

「ええ！　カノンちゃんに一人で街を歩かせちゃったんですかぁ!?」

青い顔で悲鳴のような声を上げたのは、ナスターシャだ。

「ああ。何か問題でもあるのかい？」

「大ありですよぉ～！　いえ、ジャッホさんが悪いわけではないのですけれどもぉ。カノンちゃん、地図が読めないいし方向音痴だから、すぐ道に迷っちゃうんですよぉ～！　一人じゃ絶対に目的地にたどり着けないいんですぅ」

「あのカノンに、そんな弱点があったのか……！」

僕は眉間を押さえる。確かに、こう言うのも失礼かもしれないが地図を読むのとかが得意なタイプではなさそうだ。

「突入前に、しっかり点呼を取っておくべきでした。……とにかく、今はこのメンバーで突入するしかありません！　ちょうど今ここにいるのは四人。魔族幹部達と勇者も合わせて四人。数は足ります。行きましょう！」

「は、はい。カノンちゃんがいない分、ワタシが頑張りますぅ～」

とナスターシャが意気込むが、身体が小刻みに震えている。

「なに、心配は要らぬ。我と我が弟子がいれば誰が相手であろうと問題はない」

と言いながら、エンピナ様は不敵な笑みを浮かべていた。

「さっきの魔族相手では、メルキス君にもらった〝刻印魔法〟の力を十分に試せていないからね。今のボクの全力をぶつけられるくらい、手応えのある魔族がいることを期待しているよ」

ジャッホちゃんがそう言いながら手で髪を整えている。

「では、行きましょう。皆さん、どうかご無事で！」

「は、はい！　ワタシ、頑張りますぅ」

「期待しておれ、我が弟子よ。すぐ倒してそちらへ向かう」

「メルキス君。ボクが君以外に負けないと言ったのを忘れたのかい？」

村の仲間達が、それぞれ魔族達の幹部が待つ部屋へ足を踏み入れていく。

僕も覚悟を決めて、勇者ラインバートが待つ部屋の扉を開けた。

五章
魔族幹部との激闘

SAIKYOGIFT DE
RYOCHI KEIEI SLOWLIFE

「し、失礼しますぅ～」

魔族の拠点の最奥。ナスターシャが、恐る恐る魔族幹部の待つ扉を開ける。

「ワタシの相手、あまり怖くない魔族さんだといいのですけれどもぉ……」

扉の中は広い空間になっていた。灯りはついていないので、真っ暗である。

「本当はカノンちゃんと一緒に来て、お手伝いだけするはずだったのにぃ……どうして迷子になっちゃうんですか、カノンちゃんの馬鹿ぁ……」

ナスターシャは泣きそうになりながら、暗い部屋を進む。

「なんだか、この部屋やけにあったかいですねぇ～。それに、どこからか〝ボコボコ〟って音がして、なんだか不気味ですぅ～」

ナスターシャが不安そうに暗闇の中を見渡す。

「うぅ、逃げたいですぅ。でも、ここで魔族の幹部を放っておいたら、メルキス様と勇者の戦いを邪魔されてしまいますしぃ。うう、何としてもワタシがやっつけないと……！　せめて、メルキス様の戦いが終わるまで時間稼ぎだけでもしないと！」

大きな胸の前で手を握る。

「大丈夫！　ワタシはドラゴンの中でも最強クラスのレインボードラゴン！　メルキス様も、ワタシの力と防御力は村の中でも最強と言ってくれましたぁ！」

ナスターシャが勇気をふり絞る。

「ワ、ワタシは強いですぅ！　魔族さんなんかに負けません、どこからでも掛かってきてくださぁい！」

精一杯の勇気でナスターシャが啖呵《たんか》を切ったとき。

「ガッハッハ！　威勢のいい侵入者だ！　気に入ったぜ！」

銅鑼のような声が響いて、部屋に灯りが灯る。

ナスターシャに向かい合うように、非常に大柄な男の魔族が現れた。

上半身は裸で、鍛え上げた肉体を惜しげもなくさらしている。筋骨隆々の腕を組んで、堂々とした佇まいで立っている。

「ひ、ひぃいいいぃぃ！　ごめんなさいごめんなさい！　挑発するようなことを言ってごめんなさい！」

強そうな魔族が現れたことで、ナスターシャは顔が真っ青になっていた。

「そう怯えるなよ。オレはお前みたいな奴は好きだぜ。レインボードラゴン。これほどの強敵と戦えるなんて、オレはついてるぜ。それに、折角つくったこのステージが使えるのも嬉しくてな」

そう言って筋骨隆々の魔族は親指で部屋を指し示す。部屋は、奇妙な構造になっていた。

部屋にはマグマが満ちていて、その上に巨大な石製の四角い板が浮かんでいる。今ナスターシャと魔族が立っているのはここだ。そして、出入口から通路が繋がっている。

「さっきからボコボコと音がしていたのはマグマだったんですねぇ。それで、この変わった構造のお部屋でいったい何をするんでしょうかぁ……？」

ナスターシャが恐る恐る尋ねる。

「ガッハッハ！　このステージは、こういう仕組みだ！」

筋骨隆々の魔族が指を弾く。すると。

〝ジャララ！〟

突如ナスターシャの足元から、足枷のついた鎖が伸びてくる。そして。

〝ガシャン！〟

足枷がナスターシャの足を捕らえた。

「ななな、なんなんですかこれ〜！」

目を白黒させるナスターシャ。

「ガッハッハ！　そう慌てるな。今説明してやる」

そう言う魔族の足にも、同じように足枷が嵌まっていた。

「ここは、溶岩デスマッチステージ。やることはシンプル。お互いに足枷を嵌めて、殴り合うだけだ。戦いが始まると、このステージは少しずつ溶岩に沈んでいく。相手を殺した方だけが足枷を外して脱出できるようになっている。敗者は溶岩の中に沈むってわけだ。どうだ？　正々堂々殴り合うのに最高の舞台だろ？」

「そ、そんなぁ……」

ナスターシャは、恐怖のあまり気を失いそうになっている。

「せっかく凝ったモノを作ったはいいが、なかなかここまで侵入してくる気合の入った敵がいなくてな。いやぁ！　ここまで来てくれて正直嬉しいぜ！　ガッハッハ！」

筋骨隆々の魔族が豪快に笑う。

「準備はいいな？　それじゃ、始めるぜ！」

〝ゴゥン……！〟

どこかから低い音が響く。部屋のギミックが動き始めた音だ。ナスターシャ達の立つ地面が、ゆっくりと下がり始めた。

「あ、あわわわわ……！　あの、すみません！　キャンセル！　今からでもキャンセルってできないでしょうかぁ!?」

ナスターシャが慌てて魔族に呼びかける。

「ああ？　冷めるようなこと言うんじゃねぇ！　このギミックは、動き始めたらどちらかが死ぬまで俺でも止められねぇんだよ！」

魔族が拳を構える。

「そ、そんなぁ……」

と、涙目になるナスターシャ。

「さあ、もう勝負は始まってるんだぜ！　行くぜ！」

魔族が拳を構えてナスターシャへ突撃する。

小細工などは一切ない、真っ向勝負の突撃。石製の床が砕けるほどの威力で蹴って加速し、右拳に全パワーを集中させる必殺の一撃。

鉄板をも撃ち抜く威力のパンチがナスターシャに迫る。

一方のナスターシャは――

「きゅう」

恐怖が限界を超えて、立ったまま気絶していた。

「この勝負、もらったあ！」

魔族の必殺のパンチが、ナスターシャの顔面に炸裂した。

〝ドン！〟

部屋を震わせるような衝撃音が発生する。

そして。

「ぐあああああぁ！　いってえええええぇ！」

魔族は、うずくまっていた。

殴りつけた衝撃で、右腕の指先から肩までの骨が粉々になっていた。

「なんなんだその硬さ！　あり得ねぇ、鉄板だろうとぶちぬく俺の拳が全く通じねぇなんて！」

一方のナスターシャは、ノーダメージだった。殴られた顔には傷一つ付いていない。殴られる前と同じく、気絶したまま立っている。

「こんなことが、あっていいはずがないだろうが！　俺はこの拠点の魔族の中で殴り合い最強！　気絶してる相手に後れをとるなんてことが、あるわけがないだろうが！」

魔族が闘志を奮い立たせる。

「うおおお！」

無傷の左拳でのパンチ。回し蹴り。体当たり。頭突き。全身を使って、魔族は絶え間なく猛攻を仕掛ける。

だが。

「いってえええええぇ！」

逆に、攻撃に使った部位がダメージでボロボロになってしまう。もはや魔族は満身創痍で、立つことさえできなくなっていた。

「クソ、気絶してる相手に手も足も出ないなんて……！」

そこで魔族は、ある事実に気づく。

「待てよ。俺がこの女を倒せないってことは。まさか、俺とこの女二人まとめてマグマに沈むってことか……？」

魔族の顔が青ざめる。この瞬間にも、地面はどんどんマグマに近づいている。

力をふり絞る魔族だが、もう立ち上がることさえできなかった。

そして。

「ぐあああああ！」

〝ゴポゴポゴポ……!!〟

魔族とナスターシャは、ステージごとマグマに飲み込まれていった。

——一〇分後。

「ぷはぁ！」

目を覚ましたナスターシャが、溶岩から顔を出す。足に嵌まっていた枷は、マグマの熱で溶けていた。

「ここ、熱くて心地いいですねぇ～。久しぶりに入りましたけど、ワタシにはやっぱりマグマぐらいの温度のお風呂が合っていますぅ～」

呑気な声で、ナスターシャがマグマ風呂を満喫している。

「でも、今はお風呂に入っている場合じゃないですよねぇ。早く、メルキス様達の方に合流しないとぉ」

名残り惜しそうにマグマを見つめたあと、ナスターシャがドラゴン形態に変身。

〝バサァッ！〟

翼を広げて、飛び上がる。

「ところで、あの魔族さんとの勝負はいったいどうなったのでしょう……？　もう、行っていいんですよね？」

不安そうな声を出しながら、ナスターシャはメルキス達の方へ向かうのであった。

◇◇◇

「さて、我の相手はいったいどんな魔族であろうな」

エンピナが、魔族幹部の待つ扉を開けた。

「……随分と、ガラクタの多い部屋だ」

巨大な部屋には、様々な機器が置かれていた。

人間一人は入れそうな大きさの、様々な色の液体が入ったフラスコ。それらがチューブであちこちに置かれている箱に繋がれている。

箱には、大きさも色合いもバラバラな水晶玉が埋め込まれている。水晶玉からはそれぞれ、小さな魔法陣が浮かび上がっていた。

そして部屋の中央には、厚いガラスで作られた巨大な水槽が鎮座していた。水槽の中には、脳のようなモノが浮かんでいる。

『久しぶりじゃの。待っておったぞ、エンピナよ』

部屋の水晶玉の魔法陣の一つから、しゃがれた声が発生する。

「汝のような、脳だけの者は知り合いにおらぬが」

エンピナが興味なさそうな目で告げる。視線は、自分の指にできたささくれに向けられていた。水槽に浮かぶ脳の方を見てさえいない。

『ほっほっほ。ワシじゃよワシ。三〇〇年前に貴様と死闘を繰り広げたライバル、魔族屈指の魔法の使い手、ゲリンゼじゃ！』

「そうか。覚えておらんな」

名乗った魔族に対して、エンピナはまだ指のささくれをいじっている。

『無理もない。三〇〇年前はこんな姿ではなかったからのう。なに、今から嫌でも思い出すことになるぞ』

　ゲリンゼは不敵な声で告げる。

『貴様に敗れて命からがら逃げ出した日から。儂《わし》は貴様を超える魔法使いになるべく、研究を重ねてきた。この姿になったのも、寿命という枷《かせ》から逃れて魔法の研究を続けるためじゃ！』

「肉体を捨て、脳だけで生命維持するためにこれだけ大掛かりな魔法装置を組み上げたか。ご苦労なことだ」

　エンピナが興味なさそうな顔で部屋の装置を見渡す。

『そしてもちろん、魔法を発動することもできるぞい！』

　部屋の装置の一つが光り、水晶玉から魔法陣が浮かび上がる。そしてそこから、氷属性魔法〝アイスニードル〟が発動。氷の杭がエンピナに向かって飛ぶ。

「〝ファイアーボール〟」

　エンピナの後ろの水晶の一つが赤色に変わる。そこから放たれた炎の球が、氷の杭を融かす。

「懐かしいのう、その厄介なギフト。六種類の魔法を同時に発動可能。しかも、水晶を自由に飛ばして複数の方向から敵を狙える。非常に強力じゃ」

　ゲリンゼとエンピナの間で、激しい魔法の撃ち合いが始まる。

　部屋のあちこちに置かれているゲリンゼの水晶玉から放たれる魔法を、エンピナが迎え撃つ。

　色とりどりの魔法が交錯し、打ち消し合う。

『地属性下級魔法〝クレイソフト〟』

「む？」

エンピナが姿勢を崩す。片足が、地面に吸い込まれそうになっていた。ゲリンゼの魔法で、足元の地面が柔らかくなっていたのだ。

『儂の編み出した貴様の攻略方法！　それは、魔法の手数ではなく質で押すことじゃ！　様々な種類の魔法を適切な場面で切る。適切な手札の運用が儂の武器じゃ！』

体勢を崩したエンピナに、アイスニードルが襲い掛かる。

「氷属性魔法〝スノーシールド〟」

エンピナの前に巨大な雪の結晶が現れ、攻撃を防ぐ。

『ほう！　ほうほう！　面白い、それは初めて見る魔法じゃ』

ゲリンゼが嬉しそうな声で笑う。

「風属性魔法〝ウインドカッター〟」

エンピナが、反撃の魔法をゲリンゼの脳に向けて放つ。

『解析完了。〝スノーシールド〟じゃ』

氷の結晶が発生して、エンピナの魔法を防ぐ。

「……ほう？」

エンピナが、この部屋に入って初めて興味を示した。

『ひひひ！　驚いたか！　この部屋にあるのは、儂の生命維持装置だけではない！　ここは、魔法を分析するための研究施設でもあるのじゃ！　この部屋の設備が、今も貴様の魔法を解析している』

「ああ、さっきから動いておったあれか」

エンピナが一つの水晶玉を指さす。そこには、複雑な魔法陣が浮かんでいた。

『その通り！　魔法を得意とする魔族をこの研究室に招き、魔法を解析して儂はありとあらゆる魔法を蒐集しておる！　聞いて驚け、その数なんと一〇〇以上じゃ！　ひひひ！』

研究室にゲリンゼの笑い声が響く。

『〝アイスニードル〟じゃ！』

氷の杭を横にジャンプしてかわしたエンピナが、体勢を崩す。

「なんと」

今度は、地面が柔らかくなったのではない。ゲリンゼの魔法によって、トランポリンのように弾力を持っていたのだ。エンピナが弾力で宙に打ち上げられる。

『まだまだ！　氷属性中級魔法〝フロストファング〟！』

氷でできた、巨大な獣の顎が現れる。牙が上下からエンピナを襲う。

「風属性中級魔法〝ウインドヴェール〟」

風の衣がエンピナを包み込んで、後ろに引っ張る。氷の牙は、何もない空中を虚しく噛んだ。

『仕留めそこなったか！　ひひひ！　じゃがそれでよい！　貴様との戦いが長引くほど、儂の手持ちの魔法が増えるからのう！』

ゲリンゼが笑う。

『良い魔法使いの素質とは何じゃと思う？　儂は、魔法に対する好奇心じゃと思っておる。儂は三〇〇歳を超えて、未だにあたらしい魔法に出会うとワクワクする！　それに比べてエンピナ、貴様はどうじゃ？』

ゲリンゼは、がっかりしたような声に変わる。

『儂の魔法を見ても、貴様は何の興味も示さぬ。年老いたからか？　エンピナ、貴様にはがっかりした。もっと儂の新しい魔法に興味を示さんか』

「興味を示せと言われてもな……。興味がないものには興味がないのだから、仕方なかろうが」

エンピナの耳がしゅんと垂れ下がる。

一方、ゲリンゼは激昂して声を荒らげる。

『興味がないじゃと！　貴様、仮にも〝大賢者〟の称号を持つ者として情けないぞ！　儂は貴様ごときをライバルと思っていたことを後悔しておる！　儂の編み出した、最新の魔法で貴様を葬ってやる！』

部屋に置かれた水晶玉が強烈な光を放つ。

『氷属性上級魔法〝ブルーフロッグ〟！　二重発動！』

青白い光とともに現れたのは、巨大なカエル。人間一人丸呑みにできそうな大きさである。身体は蒼く、表面から冷気が溢れ出している。

『ゲコッ！』

カエルの口から、素早く舌が伸びる。エンピナが反射的に〝ウインドヴェール〟で横に跳んで回避。

『ゲコッ！』

もう一体のカエルが同じく舌を伸ばしてくる。今度はエンピナが〝スノーシールド〟で防ぐ。

〝ゴクン！〟

カエルが、舌で搦め捕ったスノーシールドを口の中に引き込んで丸呑《の》みにする。魔法で防御しなければ、丸呑みにされていたのはエンピナだった。

『見たかエンピナよ！　これが儂の編み出した最新にして最強の魔法じゃ！　攻撃の速さは全魔法トップクラス！　当たれば即丸呑みであの世行きじゃ！　しかも、意思をもって自律行動するんじゃぞ！　それが二体！　貴様の手持ちにこの状況を打破できる魔法はなかろう！　ひっひっひ！』

勝ち誇ったようなゲリンゼの笑い声が響く。

「……汝は一つ勘違いをしている」

冷静にブルーフロッグの攻撃を捌《さば》き続けるエンピナが、冷静な声で口にする。

『ひゃひゃ！　負け惜しみか？　なにが勘違いだというのじゃぁ？』

「見せてやるとしよう。〝ブルーフロッグ〟二重発動」

エンピナの後ろの水晶が蒼く輝く。そして、蒼いカエルが二体出現した。大きさは、ゲリンゼが呼び出したものの軽く倍はある。

『『ゲコッ!!』』

エンピナのカエル達がゲリンゼのカエル達を丸呑みにする。

『な、なんじゃと!?　まさか、貴様興味がないふりをしておきながら、儂の魔法をしっかり観察してコピーしよったのか！』

「それが勘違いだと言っている。我は今でも新しい魔法には興味津々だ。だが、汝がさっきから見せびらかしていた魔法、我は元々全て修得していた」

『なんじゃとお!?』

ゲリンゼの声には、驚きが満ちていた。

「さっきから汝が見せた魔法全て、我は三〇〇年前には全て使えるようになっていた。新しい魔法に興味をなくしたわけではない。汝が目新しい魔法を見せてくれぬから興味が湧かなかっただけのことだ」

エンピナがそう言う。その姿には、少しがっかりした様子があった。

『エンピナ、貴様一体いくつの魔法を修得しているのだ……?』

「さてな。三〇〇より後は数えておらん」

そしてエンピナが、身体から魔力を逆らせる。

「我は最近弟子を取ってな。毎日我の好奇心を満たしてくれる、才能《ギフト》に満ちた弟子だ。その弟子の魔法を参考に、我は新たなステージへと到達した。汝には興味がないが、同じく魔法探求を志す者。あの世への土産に、我の最新の魔法を見せてやろう」

エンピナの背中の水晶が、不思議な色の輝きを放つ。燃える炎と黄金を融かし合わせたような色だ。

「とくと見よ。火属性・雷属性複合魔法〝猛火と雷光の戦槌〟」

ゲリンゼの水槽の上に現れたのは、人の身の丈を優に超える大きさの巨大なハンマー。燃える炎の色に輝いており、火花を纏っている。

『――は？』

ゲリンゼは、驚きを通り越して呆然としていた。

「これが我の最新の魔法。不可能と言われていた複数属性の複合魔法だ」

『馬鹿な！　馬鹿な馬鹿な！　つ、土属性魔法〝ソイルウォール〟！』

土が盛り上がり、ドーム状になってゲリンゼの脳の水槽を囲う。

「無駄だ。この魔法は雷光の速度と猛火の破壊力を併せ持つ。その程度の防御では気休めにもならぬ」

エンピナが指を振り下ろすと、水槽にハンマーが叩きつけられる。

〝ドオオオオオオオオォン!!〟

魔族の拠点を揺るがす衝撃。

ゲリンゼの水槽は、無残に破壊されていた。

『まさか、不可能と言われていた二属性の複合魔法を実現するとは……!!　ひひひ、いいもの見れたわい……』

瀕死のゲリンゼが、残ったわずかな力を使って声を出す。その声には喜びが満ちていた。

エンピナの背後の水晶が紅く光る。六重に発動した〝ファイアーボール〟が、壊れかけていた水槽を焼き払った。

〝ゴォッ！〟

炎に包まれて、ゲリンゼは完全に消滅する。

エンピナは部屋を立ち去ろうとして、足を止める。そして、部屋のあちこちにある装置の方を見る。

「この装置。設計や使われている魔法は粗末だが、素材はなかなか悪くない」

エンピナは装置に埋め込まれている水晶玉をしげしげと観察する。

「これほどの質の水晶玉をあつめるには骨が折れるからな。あの魔族には最期にいいものを見せてやったのだ。見物料としていただいていってもよかろう」

そんな自分に都合の良い理屈を並べ立てて、エンピナが部屋中の装置から水晶玉を抜き取っていく。

そうして集めた水晶玉は、エンピナが両腕で抱えきれないほどの量だった。

「ううむ、これでは運べぬな……」

エンピナの耳がまた垂れ下がる。

「後で我が弟子の嫁の〝異次元倉庫〟で運ばせるとするか。今は仕方ない、一旦隠しておくとしよう」

そう言って、エンピナが部屋の隅に水晶玉を集め、近くの装置の部品を外して覆い隠す。

「これで、すぐに水晶玉がここにあるとはわからぬだろう。誰か他の者に盗まれなければよいが……」

エンピナが、自分がまさに今水晶玉を盗もうとしていることを棚に上げて、不安そうに覆い隠した水晶玉を見つめる。

「さっさと済ませて戻ってくるとするか。待っておれ、我の愛しい水晶玉達よ」

エンピナは部屋を後にして、メルキスのもとへ向かうのだった。

◇◇◇

「メルキス君からこの刻印魔法を貰ってから初めての実戦。ボクの力がどこまで魔族や勇者に通用するのか。ワクワクするね」

そう言いながら魔族の幹部の部屋の扉を開けるのは、ジャッホ。

一時的に自分のスピードを三〇倍に加速するギフト【アクセラレーション】を持つ剣士である。ギフト発動中は、間違いなく村の中で最速を誇る。

ジャッホが扉を開けると、そこは。

「厨房《ちゅうぼう》……!?」

広い部屋は、まぎれもなく厨房だった。

長いカウンターキッチンが何列も並んでいて、鍋や調理器具や皿、それに食材が乗っている。

「お待ちしていましたよ。勇敢な人間の侵入者さん。何か召し上がっていきますか?」

そう言ってジャッホを迎えるのは、コック姿の女性魔族だった。細身で、腕を六本備えている。

「おっと。ボクは朝食をとりに来たわけじゃない。魔族の幹部に会いに来たつもりだったんだが、部屋を間違えてしまったかな?」

「いえ。合っていますよ。ここは私の受け持つ部屋であり、厨房も兼ねています」

そう言いながら、魔族は六本の腕を素早く動かして料理を作っていく。

「他の幹部二人は、頭の悪い溶岩デスマッチの部屋だとか脳だけの身体を維持するための装置だとかをいろいろと部屋に用意していますけれども。私は特にそういったものを必要としていませんので。部屋など何でもよいのです」

そう言いながら、魔族は料理一式を完成させた。

「今日の朝食のメニューは、パン、サラダ、スープ、スクランブルエッグです。この拠点の一〇〇人近い魔族の食事は全て、私が一人で作っているのですよ」

そう言いながら、魔族はまた朝食を作っていく。その動きは、常人では目で捉えられないほど速い。

「なるほど。六本の腕とそのスピードがあればそんな無茶な仕事量も一人でこなせるわけか」

ジャッホが顎に手を添えて言う。

「ええ。私のスピードは魔族の中でもトップクラス。そしてこの六本の腕がありますから、手数だけで言えば魔王様達を差し置いて魔族ナンバーワンと言えるでしょう」

魔族が、料理の手を止めてキッチンの陰から突剣を取り出す。六本の腕全てが剣をジャッホに向ける。

「しかしいくら私の手が速いといっても、流石に限界がありまして。お皿洗いをする人手が足りないのです。どうです？　今降伏すれば、お皿洗い担当の奴隷として生かしておいてあげますよ？」

「残念ながら、ボクは貴族でね。皿洗いなんてしたことないよ。使用人に全て任せているからね」

ジャッホが髪をかきあげながら得意げに言う。

「そうですか。それは――残念です」

口元に残忍な笑みを浮かべながら、魔族がジャッホへ突進してくる。魔族の握る六本の剣が、ジャッホの心臓めがけて襲いかかる。

だが。

「ギフト【アクセラレーション】発動」

「消え、た？」

ジャッホは、魔族の前から一瞬にして姿を消す。

「馬鹿な！　どこへ行ったというのです！」

慌てて魔族が辺りを見渡す。すると。

「頂いているよ。おいしいね、これ。魔族の味覚は存外人間に近いようだ」

魔族の後ろでジャッホが食事をとっていた。さっきまではなかった椅子まで、どこからか持ってきてそれに腰掛けている。

食べているのは、魔族がさっき作ってみせた朝食だ。魔族が振り向いたタイミングで、丁度朝食を一式食べ終わっていた。

「馬鹿な。一体、いつ私の背中を取って、いつ食べ始めたというのですか――」

「キミが僕の方へ走ってくる間だったかな。丁度お腹が空いていたんだ。さっき勧《すす》めてくれたし、構わないだろう？」

そう言ってジャッホはウインクしてみせる。

「人間風情が、いい気にならないでください！　さっきのは全力ではありません！　これが私の本気です！」

魔族が再びジャッホに襲い掛かる。その動きは、言葉通りさっきより速い。

〝キキキキン！〟

ジャッホが剣を抜いて、魔族の攻撃を捌いていく。厨房に、金属同士がぶつかり合う甲高い音が絶え間なく響く。

「はぁ、はぁ……」

息を切らした魔族が攻撃を中断する。

一方のジャッホは、
左手に持ったカップで、紅茶を啜っていた。

〝ズズズ……〟

「ば、馬鹿な……私の攻撃を文字通り片手間で捌ききって、しかも空いた手で紅茶を淹れていたですって!?」

「まぁまぁ、落ち着いて」

魔族を前にして、慌てることなく優雅に紅茶を飲み干すジャッホ。

「貴様！　貴様貴様貴様ぁ！」

魔族が激怒して、闇雲に剣を振り回す。目でうっすらとしか捉えられないジャッホの残像に向けて、とにかく攻撃を叩き込む。

しかし。

「ボクならこっちだよ」

魔族の後ろを取ったジャッホが、余裕たっぷりに声を掛ける。

「さっきの料理のお礼だ。お皿、洗っておいたよ」

そして、ざっと一〇人分の洗った食器が食器立てに並んでいた。

「う、あ……！」

思わず駆け寄って皿の様子を確認する。皿は全て、しっかりと洗われていた。

「皿洗いなんてするのは初めてだったが、悪くないだろう？　先程の言葉を訂正しよう。意外とボク、食器洗いに向いているかもしれない」

そう言ってウインクしてみせるジャッホ。

「ふ、ふふふ」

魔族が壊れたように笑い出す。

「ふははは！　余裕を見せびらかすのも大概《たいがい》にしなさい！　皿なんか洗っている間に私の心臓を貫かなかったこと、後悔させて――」

「ああ、それももう済んでいる」

「へ？」

ジャッホが魔族の胸を指さす。そこには、小さな穴が貫通していた。

「い、いつの間に……!!」

魔族が、黒いもやになって消えていった。

「うん、やはりボクのギフト【アクセラレーション】とメルキス君のくれた刻印による身体能力向上の相性は最高だ。魔族相手でも負ける気がしない」

優雅な仕草でジャッホが剣を納める。

「これなら、メルキス君と前よりずっと高い次元の戦いができるだろう。そしてそれでも、メルキス君はボクを超えてくるはずだ。……超高次元での戦いと敗北。ああ、考えるだけでゾクゾクするよ！」

ジャッホは身体をよじって自分を抱きしめる。頬は紅潮して、息が荒くなっていた。

「おっと、こうしている場合じゃない。メルキス君に加勢しに行かなくては」

ジャッホは口の端から垂れていたヨダレを拭って、メルキスの方へ走り出した。

◇◇◇

「ここ、どこだー！」

ナスターシャ、エンピナ、ジャッホが地下で魔族の幹部に戦いを挑んでいた頃。

地上の街では、カノンが迷子になっていた。

「くっそー。酒場で朝飯食ってたら、他の連中とはぐれちゃった。地図に書かれた通りの場所に来ても、誰もいないし。確かに地図だとこの辺のはずなんだけどな～」

棒付き飴を咥えながら、カノンがもらった地図を広げる。

「やっぱり、ここであってるよなぁ？」

そんなことはない。

カノンは、地図を完全に読み違えていた。

メルキス達が発見した魔族の拠点の出入り口は街の北の方の繁華街だが、カノンが今いるのは街の広場である。ちょうど目的地の真反対の方向へ向かっていた。

「くっそー。もしかしてみんな遅刻か？　寝坊してるのか？　まったく、だらしないなーもう」

等とカノンが不満を漏らしていると。

〝ズシン〟

突如、広場にあった石像の一つが倒れて地下へと続く通路が現れた。

魔族はこの街の地下に巨大な拠点を築いていた。そしてその出入り口は、メルキスが見つけたもの以外にも沢山存在する。石像の下に隠されていたのは、そのうちの一つだ。

「まさか人間どもに拠点に乗り込まれるとはな。『偽の領主によって街を裏から支配し、陰で着実に力を増していく』というオレたちの作戦はどうやらここまでのようだ」

現れたのは、身長が二メートルを超える巨躯《きょく》の魔族。肩には巨大なハンマーを担いでいる。

「バレてしまったなら仕方ない。もはやこの街の人間を生かしておく理由はない。面倒くさいが、他の街に情報を持って逃げる前に皆殺しにしておくか」

そう言って魔族は周りを見渡す。

空は明るくなり始め、広場の周りには市民が沢山集まっていた。

「アレって、魔族!?」

「俺たちを皆殺しにするって？　嘘だよな……!?」

人で賑わっていた広場は、一気に恐怖のどん底にたたき落とされる。魔族の圧倒的な迫力の前に、みな恐怖で足がすくんで動けなくなっていた。

たった一人例外を除いて。

「三〇〇年振りだな、魔族よぉ。お前達をギタギタにできる日がまた来るのを、アタシはずっと楽しみにしてたよ」

拳をポキポキと鳴らしながら、カノンが魔族に向かって堂々と歩いていく。

「お前、何者だ？」

「アタシはカノン。三〇〇年前にお前らの親玉、魔王を一体けちょんけちょんにしてやった、大英雄カノン様だ。ビビって逃げ出すんなら今のうちだぜ？　まぁ、逃げるなら尻に回し蹴りをお見舞いするけどね」

飴を咥えたまま、カノンが挑発的な笑みを浮かべる。

「馬鹿な。カノンは三〇〇年前に封印されたはず。ここにいるはずがない」

「実はなんと、つい数日前に復活したんだな〜。どうした？　おしっこ漏らしながら逃げるか？」

カノンが拳を打ち合わせる。

「ぶっふふ！　その頭の悪そうな口ぶりと顔！　確かに本物かもしれんな！」

魔族は突如大笑いし始める。

「お前、あまりに幼稚な罠に引っかかって封印されたと聞いているぞ。魔族の中では有名な話だ。冬眠明けの寝ぼけたクマの方がお前よりまだ頭が回るだろうよ」

「なんだとぉ!?」

カノンが飴をかみ砕く。

「決めた！　お前はアタシがこの拳でぶちのめす！」

犬歯をむき出しにしたカノンが拳を構える。

「やってみろ、矮小《わいしょう》な人間！」

魔族がハンマーを構える。戦闘態勢に入った両者が広場の中央で向き合う。

「頑張れ！　お姉ちゃん！」

「本物かはわからないけど、頑張ってくださいカノン様～！」

広場にいた人間がカノンに声援を送る。こうして、民衆に見守られながらカノンとハンマーを持った魔族の戦いが幕を開けた。

そして五分後。

「うぎゃー！」

カノンは、一方的にボコボコにされていた。

ハンマーの攻撃をモロに食らって、広場の端まで吹き飛ばされる。攻撃を受けるのは、これで五回目だ。

「くっそぉ……。なかなかやるじゃんか」

ふらつく足取りでカノンが立ち上がる。

「常人なら一撃で骨まで粉々にする俺のハンマーを、何発も受けて立っていられるとは。言うだけのことはあるか。だが、俺にはほど遠い」

「なんのぉ！」

カノンが弾けるように急加速して、一気に拳の間合いに入る。

「食らいやがれ、デカブッ！」

歯を食いしばり、大ぶりのパンチを繰り出すカノン。しかし。

「……なんだ、そんなものか。多少頑丈なようだが、攻撃力の方は一般人とそう変わらんな」

カノンの拳は魔族の顔に直撃していた。しかし魔族は平然としている。

「ま、まだまだぁ！」

カノンが拳の連撃を浴びせる。だが、魔族はビクともしない。

「もういい。お前の力は十分にわかった」

〝ドン！〟

魔族がハンマーを振るい、カノンを吹き飛ばす。

「そういえば名乗っていなかったな。俺は魔族幹部セリウム。他の幹部とは違い、地上戦を任されている。俺が全力を出したら、地下の拠点が壊れちまうからな。さて、そろそろ終わりにしてやる」

〝ゴン！　ゴン！　ゴン！〟

魔族セリウムが、何度も倒れたカノンにハンマーを振り下ろす。

「いくら頑丈だろうと、これだけやれば十分だろう。本物だったか偽物だったか知らんが、さらばだカノンよ」

魔族セリウムが立ち去ろうとする。だが。

「どこいくの？　アタシはまだまだ元気いっぱいだけど？」

カノンが、ふらふらと立ち上がる。

「……馬鹿な。なぜ立てる」

魔族セリウムが目を見開く。

「魔族よぉ。この声が聞こえる？」

カノンが、広場の外周を指し示す。

「頑張って、お姉ちゃん！」

「魔族なんかに負けるな！　英雄カノン！」

広場にいた人達から、応援の声がカノンに集まる。

「英雄っていうのは。受けた声援を力に変えて戦うんだよ！」

カノンが魔族の腹にパンチを撃ち込む。

「この、人間風情が！」

魔族セリウムがハンマーの一撃を返す。カノンが吹き飛ばされ、地面に転がる。だがまた、すぐに立ち上がる。

「いいぞカノン！」

「やっぱりお前、本物の大英雄カノンだ！」

カノンが立ち上がる度、広場は盛り上がっていく。

「どういう、ことだ……!? 気力でなんとかなるとか、そんな次元ではないぞ?」

セリウムの脳内で、考えが巡る。

(そもそも、なぜ骨さえ折れていない? 身体が頑丈? いや、身体能力が異常に高いのか。それなら防御力の高さは納得できる。だがそれなら、なぜあれほどに攻撃力が低いのだ? もしや手を抜いている? わからん、わからんぞ)

頭をフル回転させるセリウム。

(そういえば、カノンは異常に名声を欲する性格だと聞いている。そしてこの状況。——まさか)

セリウムが出したのは、あまりにあり得ない結論。だが、それ以外にこの状況を説明できる理由がない。

「まさかお前、周囲から声援をもらいたいからわざとやられたフリを——!」

「あ、余計なこと言うなお前!」

カノンが慌てた顔になる。

そして次の瞬間、何が起きたのか見たものはいなかった。

〝ドン! !〟

爆音とともに、セリウムの巨体がハンマーごと吹き飛んだ。セリウムは広場の石像に叩きつけられる。衝撃で、石像が木っ端みじんに砕けていた。

「お前、今なにをした……!」

「なにって。魔族の中では、ただの右パンチがそんなに珍しいわけ？」

カノンは右手を閉じたり開いたりしてみせる。

「それほどの力を隠していたのか。なるほど、これなら魔王様にも届きうる」

「違いますー。皆さんの声援でパワーアップしただけですー。手抜きなんてしてませーん」

そう言ってカノンは舌をだす。

「えぇ……こんな大事な戦いで手抜きしてたの？」

「カノンってそんなにチヤホヤされたい性格なんだ……」

「アレが本物の英雄カノン？　まじか、なんかガッカリだな」

広場には、困惑の空気が広がっていた。

それでも、全員が確信していることがある。

「「あの人なら魔族を倒せる」」

カノンは、その背中に信頼を集めていた。

「だが、まだまだ俺は倒れんぞ！」

魔族が起き上がり、再びハンマーを持って飛びかかる。

「くら――――え？」

〝パシッ〟

カノンは、ハンマーを片手で受け止めていた。口には、いつの間にか新しい飴を咥えている。

「えいっ」

軽いかけ声とは裏腹の、カノンの鮮烈な手刀が魔族の両腕を切り落とす。

「いってえええええ！」

切り落とされた腕がもやになって消える。

〝ドスウゥン!!〟

重い音を立ててハンマーが地面に落ちた。

「なんなんだ、なんなんだお前は……!!」

魔族が尻餅をついてカノンを見上げる。その声は震えていた。

「何度も言ったでしょ。アタシはカノン。三〇〇年前魔族どもをボコボコにして、魔王も叩き潰した大英雄だよ。よいしょっと」

カノンは、落ちていた魔族のハンマーを拾い上げる。

「さてこうしてニコニコしているアタシですが。さっきボコスカとハンマーで叩かれて、実は結構ムカついてるんだよね。叩かれた一三発、キッチリお返しさせてもらうよ」

そう言ってカノンが片手でハンマーを振り上げる。

「お、オレの両手持ちハンマーを軽々と片手で持ち上げるだと!?」

「まず一発目ぇ！」

〝ドン　！　！　！〟

驚きで固まる魔族に、カノンがハンマーを振り下ろす。その衝撃は、街中に響いた。

「次、二発目いっくよ〜！　……ってありゃ。これはもうダメだね。ちぇっ」

カノンが舌打ちする。

「一三発やり返すつもりだったのに。たった一発でやられちゃうなんてさ。脆すぎない？　カルシウム足りてる？」

ハンマーが振り下ろされた場所には、深い深い穴が開いていた。そして、魔族は痕跡一つ残さず消し飛んでいた。

「まあいいや。……というわけで！　大英雄カノン様の勝利だ！　はい、皆さん拍手～！」

魔族のハンマーを掲げて、カノンが高らかに宣言する。

「うおおおお！　疑って悪かったよ！　あんた、やっぱ本物の英雄カノンだよ！」

「お姉ちゃん凄い！　とっても強い！」

「本物の英雄カノンの復活よ！　これは大ニュースだわ！」

広場にいた人達は、カノンに惜しみない拍手を送る。

「いいねぇ～！　拍手喝采《かっさい》を受けるこの瞬間、たまんない！　この瞬間のために戦ってるんだよなぁ」

カノンは両腕を広げて、歓声を全身で受け止める。

そして広場にいた人達は一人残らず内心、

「「英雄カノン、自己顕示欲もめちゃくちゃ強いな！」」

と思っていた。

◇◇◇

「さぁ、いよいよ勇者ラインバートとの戦いだ……」

地下にある、魔族達の拠点の最深部。僕は勇者ラインバートが待ち構える部屋の扉の前に立っていた。

腰には、村の仲間達が力を合わせて鍛え直してくれた〝虹剣ドルマルク〟がある。ドワーフさん達のギフトのお陰で、この剣を持っているだけで身体能力は四倍以上に跳ね上がっている。

さらに腰にはもう一本、予備の剣として〝宝剣イングマール〟を下げている。こちらは王都武闘大会で優勝賞品として国王陛下から賜った剣だ。

魔力はここへ来るまでほとんど消費していない。ベストコンディションだ。それでも、勇者ラインバートに勝てるかはわからない。

僕は緊張しながら、勇者の待ち受ける部屋の扉を開ける。

「これは……階段か？」

扉を開けると、だだっ広い空間が広がっていた。

そして横幅数十メートルはあろうかという、幅広い階段が上へと続いている。

「この上に勇者がいるのか……？」

僕はとりあえず、上ってみることにする。

階段の途中には、家がまるごと一件建ちそうな広さの踊り場があった。中央には人影が立っている。

僕を待ち構えていたのは、勇者ではなく魔族だった。

「来たか。侵入者。俺は魔族幹部候補、レンデル。実力は他の幹部に一歩劣るが、人間ごときに遅れは取らんぞ」

そう言って魔族レンデルは腰の剣を引き抜く。立ち姿でわかる。相当な使い手だ。

「勇者ラインバートは、この上にいるのか？」

僕は〝虹剣ドルマルク〟を構えながら問う。

「ああ。わざわざ俺を呼びつけて侵入者と戦えと命令してきた。勇者の真意はわからんが、手を組んでいる以上その程度の頼みは聞いてやるさ」

そう言ってレンデルは剣を構える。

「悪いが、通らせてもらう」

僕も剣を構える。戦いが幕を開ける、その寸前。

「待ってくれよ、兄貴。そいつは俺にやらせてくれ」

後ろから声を掛けられた。僕が振り返ると、予想外の人物がそこにいた。

「カストル！　どうしてここにいるんだ⁉」

「魔族にはいろいろとやられっぱなしだからな。借りを返しに来たんだよ」

カストルは魔族レンデルをにらみつける。

「よくもこれまで、騙して魔王復活の生け贄にしたりボコボコにしたうえ指名手配してくれたりしたよなぁ！」

魔族への怒りを口にしながら剣を引き抜くカストル。しかしいつかのような、むき出しの感情のまま剣を振るっていたカストルの姿はない。どこか大人びたような、落ち着いた雰囲気がある。

「カストル、相手は手強いぞ。お前の手には余る」

僕は手でカストルを制す。

「ああ、わかってる。それでもだ。……頼む兄貴、俺にやらせてくれ」

カストルが、正面から僕を見据えて言う。いつ以来だろうか、こんなに真剣なカストルの表情を見るのは。

「……わかった。そこまで言うなら、任せる」

「おっしゃ！　心配要らないぜ、兄貴。速攻でボコボコにして、兄貴の方に加勢しに行くからよ」

そう不敵に笑うカストルだが、緊張しているのが立ち振る舞いでわかる。

……昔の僕であれば、きっとカストルを止めただろう。カストルの希望など聞き入れず、剣を抜いて魔族に斬りかかっていたはずだ。

だけど僕は、今の村の仲間達に教えられた。

ただ助けられるだけ、守られるだけなのは苦しいのだと。

カストルも同じだ。カストルは僕に守られるだけの弟をやめて、一人の剣士として歩き出そうとしている。ここでカストルを止めてしまうのは、カストルの成長を止めることに他ならない。

寂しいし不安でもあるが、僕はカストルの成長を見届けようと思う。

「それでも、カストルとあの魔族の力の差は大きい。せめて、これを貸しておく」

僕は、腰に下げていた予備の剣〝宝剣イングマール〟をカストルに渡す。

「⁉　いいのかよ兄貴！　これ、王都武闘大会で兄貴が国王陛下から賜った剣だろ⁉　こんな大事なもの……！」

「お前以上に大事なものなんてない。必ず生き延びて上がってこい、カストル」

「……ああ！　当たり前だぜ、兄貴！」

そう笑って宝剣イングマールを構えるカストルの姿は、頼もしく見えた。立ち振る舞いでわかる。

王都武闘大会で僕に敗れてから、また一段と修行を積んできたのだろう。

剣術だけで言えば、ロードベルグ伯爵家の跡取りとして申し分ない腕前に成長している。

「じゃあ僕は行く。ここは任せたぞ、カストル」

「ああ！　任されたぜ、兄貴！」

カストルが力強く応えてくれる。

僕は走って、魔族レンデルの横を走り抜ける。

「行かせるか！」

魔族レンデルが剣を抜いて僕へ斬りかかってくる。それを、

〝ガキン！〟

カストルが握る〝宝剣イングマール〟が阻む。

「お前の相手は、俺だって言ってるだろうが！」

カストルと魔族レンデルが切り結ぶ。

剣同士が何度もぶつかり合う音を聞きながら、僕は階段を駆け上っていく。

◇◇◇

魔族の地下拠点の中、カストルとレンデルが激しく切り結ぶ。

「どうしたどうした！　その程度か、人間！」

魔族レンデルの猛攻に押されて、カストルが膝をつく。短い攻防の中で、既にカストルはボロボロになっていた。

「力の差は歴然。良い剣を使っても、埋まる力の差ではないぞ」

「クソッ！」

カストルが歯ぎしりする。

「こうなったら、奥の手を使うか……！」

カストルが、腰からもう一本の剣を引き抜いて構える。

「二刀流か？　そんな付け焼き刃で、この俺に勝てると思うのか？」

「ああ！　思うぜ！」

カストルが二本の剣で斬りかかる。再び魔族とカストルの攻防が始まる。

「なに……!?　さっきよりも、力の差が埋まっている。なぜだ!?」

「へへへ。教えてやるよ。俺は元々、二刀流の才能《ギフト》があったんだ」

カストルが、訓練を投げ出すようになる前。幼き日のメルキスとカストルは、一緒に剣の修行をしていた。

その中で発見した事実。

『カストルは、二刀流の天才だな』

扱いの難しい二刀流だが、カストルは二本の剣を操る輝かしい才能《ギフト》を持っていた。

メルキスはずば抜けた天才だったが、二刀流だけで言えばカストルも間違いなく天才と呼べる逸材だった。

だが、カストルの才能《ギフト》は生まれた環境とかみ合わなかった。

ロードベルグ流は一本の剣のみで戦う流派。二人の父ザッハークは、二刀流の訓練を許可しなかった。そのため隠れて二人だけで二刀流の訓練に励んでいた。

来る日も来る日もザッハークの目を盗んで二人だけの訓練をする。

二人で生み出した技は、実戦でも十分に通用する完成度だった。

しかしある日、二人の秘密の修行は終わりを告げる。

『ロードベルグ流は一刀流の剣術だと何度言ったらわかるのだ！』

こっそりと二刀流の修行をしていたことがザッハークにばれて、二人はこっぴどく怒られた。当然、二刀流の稽古は二度とさせてもらえなかった。

カストルが剣の修行を投げ出したのは、それからすぐのことだった。

「懐かしいぜ。久し振りだけど、身体が覚えてやがる」

カストルの腕が二刀流になじんでいく。魔族との力の差が、徐々に埋まっていく。

二人が同時に後ろに下がって、間合いを取る。

「くそ、貴様などさっさと片付けて、勇者ラインバートのもとへ行かねばならんのに……」

魔族が歯を食いしばる。

「はは。何言ってんだお前。お前程度が追いついたところで、兄貴の敵じゃねえ。お前じゃ、兄貴と勇者の戦いに近づいた瞬間、巻き添えを食らって瞬殺されるぜ」

カストルはそう言って笑う。

「……そう本気で思うなら、貴様は何故俺の足止めをする」

「決まってる。俺は兄貴に借りを返したい」

そう即答するカストルの目は、透き通っていた。

「俺は兄貴にたくさんの借りがある。魔王パラナッシュの生け贄にされたときも助けてくれた。この街で指名手配された俺を、わざわざ二人にしかわからない合い言葉を使って助けてくれた。こんな俺のことを、信じてくれた」

カストルが剣を強く握りしめる。

「前までの俺は、兄貴に勝ちたいって思ってた。本当は無理だとわかってるのに、気づかないふりをして、汚い手でも使って勝とうとしてた」

胸の内を語り始めるカストル。

「だけど今は違う。兄貴は俺よりずっと、精神的にも剣術でも俺よりずっと先を行ってるって事実を俺は受け入れた。追い越すなんてのは無理な話だ」

カストルが再び剣を構える。

「それでも、俺はあの背中を追いかけていたい。できるだけ近くであの背中を見ていたい。そのために、兄貴に守られっぱなしのダメな弟な俺をここで終わらせる。兄貴への借りをここで精算するんだ。この戦いから逃げたら、あの背中には二度と追いつけなくなる」

カストルの剣が、光を放ち始める。

「俺はお前を倒して、兄貴の背中を追いかける！」

そう宣言したとき。

『精神的成長により、【剣聖】が【双刃の剣聖】へと進化します』

カストルは、頭の中で響く声を確かに聞いた。

「なんだ、この光は……！」

両手の剣が輝き出す。右の剣は氷の蒼い光。左の剣は炎の赤い光を放っている。

「ここへ来てギフトの進化だと!?　おのれ、人間めぇ！」

魔族レンデルがカストルに襲いかかる。

二人の間で斬撃の応酬が始まる。

「すげぇ、なんだこれ……！　力が湧いてくる！　剣が軽い！」

カストルが、新しい自分の力に驚く。

「うおおおお!!」

切り結ぶ魔族とカストル。両者ともに、限界に近い。

そして、より限界に近いのはカストルの方だ。

今の純粋な実力では、カストルは魔族を大きく上回っている。

だが、ギフトが覚醒する前に受けたダメージが大きすぎた。カストルの体力はもはや限界。腕を上げているのがやっと。

「これで、終わらせる！」

トドメを刺すべく、魔族が大技を仕掛けてくる。

「……力を貸してくれ、兄貴」

カストルが最後の力を振り絞って繰り出したのは、かつてメルキスと一緒に生み出した二刀流の技。

それは本来、ロードベルグ流剣術に存在しないはずの型。

「ロードベルグ流剣術〝零〟式！〝双極氷炎双刃星煌斬〟」

一呼吸の間に、17発の斬撃を叩き込む、超高火力の剣技。

斬撃の嵐が、魔族の上半身をズタズタに切り裂いた。

「ぐあああ！」

魔族が大ダメージを受けて吹き飛ぶ。

「だが、まだ俺は終わらん……！　勝つのは俺だ！」

「嘘だろ、しぶとすぎるだろ魔族」

魔族は剣を持って立ち上がり、カストルに迫る。対するカストルはもう、両腕が全く上がらない。

「だったら、これでどうだ！」

〝ゴン！〟

カストルが、魔族に頭突きを食らわせる。

「おの、れ！」

魔族がよろめき、下り階段へ倒れ込む。

「ぐあああああああ！」

魔族が階段を転げ落ちていく。落下のダメージで魔族は消滅した。

「くっそ。トドメが頭突きとか、締まらねえな。……まぁ、勝ちは勝ちだ！　借りはほんのちょっぴり返したぜ、兄貴」

満足そうに天井を見上げるカストル。

「だけど、追いかける元気までは残ってねぇや……」

カストルは、その場に倒れ込んだ。

六章

勇者との決戦

SAIKYOGIFT DE
RYOCHI KEIEI SLOWLIFE

「やっとたどり着いたぞ、勇者ラインバート」

魔族の拠点の最奥地。ついに僕は、勇者ラインバートと対峙していた。

階段を上った先にあったラインバートの部屋は、悪趣味と言う他なかった。金に物を言わせた過剰な装飾品。壁には剣が何本も飾られているが、しっかりと手入れされているようには見えない。【勇者】のギフトの力を誇示する、自分を強く見せたい性格が表れた部屋だった。

「来やがったか。お前が王都で魔王を一体倒したっていうメルキスだな?」

「その通りだ。あのとき逃げた魔族を追ってここまでたどり着いた。魔族も、【勇者】の力を持ちながら魔族についたお前もここで倒す」

僕は剣を構える。

「俺を倒す、か。普通にここで相手をしてやってもいいんだが……こうさせてもらうぜ!」

勇者ラインバートは、部屋の奥に駆け込む。そして、棚を横にずらした。

「隠し通路だって!?」

「その通り。ここに来るまで、長い階段を上ったろ? 実はここ、結構地上に近いんだぜ」

勇者ラインバートは、そのまま隠し通路の階段を駆け上っていった。

「待て! 逃がさないぞ!」

僕も勇者ラインバートを追って階段を上がっていく。

地上に出ると、見覚えのある景色が広がっていた。

「ここは——街の中心部、領主邸の前か」

ルスカン伯爵の屋敷の前にある大きな広場だ。

地下通路の出口の横には、大きな石像が横たわっている。昔父上に連れられてこの街に来たときに見た、この広場の中央に建てられていた石像だ。どうやら、地下通路の出口を石像で隠していたらしい。

「なんだ!? 石像が倒れて勇者様が出てきたぞ!?」

「なんでこんなところに勇者様が?」

石像が倒れた音を聞きつけて、何事かと人が集まっている。

しかしいったい、勇者ラインバートはこんな所へ来て何をするつもりだ?

「よし、ちゃんと集まってるな愚民共。行くぜ、竜頭召喚——レッドドラゴン!」

勇者ラインバートが【勇者】のギフトの力を発動。レッドドラゴンの頭が召喚される。

竜の頭は、僕ではなく街の人々の方を向いていた。

「勇者様? 一体何を?」

「どうして俺たちに向かってドラゴンの頭を向けてるんです?」

街の人達は、理解できないという顔をしていた。

「メルキス。お前は、一般市民を見殺しにできるか?」

勇者ラインバートがしようとしているのは、最低なことだった。

〝ゴウッ!〟

レッドドラゴンの頭が、街の人々の方へ向けて火を噴く。

「土属性魔法〝ソイルウォール〟！」

僕は反射的に魔法を発動。街の人達の前に土の壁を生成し、ドラゴンのブレスから街の人々を守った。

「あ、ありがとうございます！」

「何が起きたのかよくわかっていませんけれど、とにかく助かりました！」

街の人々がお礼を言う。

「早く逃げてください！　勇者ラインバートは、あなた達を殺すつもりです！」

僕が呼びかけると、街の人達は慌てて逃げ出す。

「逃がすかよ！　竜頭召喚――ブラックドラゴン！」

今度は黒いドラゴンの頭が出現。走る街の人々に追いつき、食らいつこうとする。

「くそ、遠すぎる！」

僕の手持ちの普通の魔法では、この距離からだとあのドラゴンの頭を仕留める前に街の人が食べられてしまう。

「だったらこれだ！　魔法融合発動！　下級雷属性魔法〝ライトニングスパーク〟と上級闇属性魔法〝ダークケルベロス〟を融合！　〝迅雷と黒狗の顎〟！」

僕が呼び出したのは、雷の性質を纏った魔犬。稲光のように素早く街を駆け抜け、ブラックドラゴンの喉笛に食らいつく。犬はそのまま喉を食いちぎり、ドラゴンの頭を消滅させる。

「勇者ラインバート！　お前、街の人を人質にして、僕の魔力を削るつもりか！」

「その通り。もちろん普通にやっても俺様は九九％負けない自信があるが。一％でも勝率を上げるために、俺様はどんなことでもやるぜ。俺様は慎重な性格だからな」

「臆病の間違いだろ！」

「なんとでも言いやがれ。ほら、もう一丁！　竜頭召喚――ブルードラゴン！」

勇者ラインバートが次々とドラゴンの頭を召喚して、街の人々を攻撃していく。僕は、防御魔法を駆使して街の人々を守る。竜の攻撃を、ひたすら魔法で防いでいく。

「くそ、一対一で戦えさえすれば……！」

僕は歯噛みする。勇者ラインバートのドラゴンの頭を呼び出す力はギフトによるもの。流石に無限に呼び出せるわけではないだろうが、消耗は小さいはずだ。

対して僕は、街の人々を守るために魔力を消費して魔法を使っている。このまま続けば、間違いなく先に僕の魔力が尽きる。

魔力が尽きれば、常に発動している身体能力強化魔法〝フォースブースト〟も維持できなくなる。その状態ではとても勇者ラインバートに太刀打ちできない。

「誰か、誰か助けて！　まだ娘が中にいるの！」

燃える家の前で、母親らしき女性が必死に訴えている。最初のドラゴンの攻撃の一部が当たり、家が火事になってしまったらしい。

助けに行きたいが、勇者ラインバートが次々呼び出すドラゴンの頭の相手で手一杯だ。

「一体どうすれば――!!」

そのとき。

〝バシャアアアアアァ……！〟

突如燃えていた家の上空から、大量の水が降り注ぐ。見上げると、ドラゴン形態のナスターシャが空を飛んでいた。

「助けに来たよ、メルキス！」

ナスターシャの背中に乗ったマリエルが叫ぶ。今火事を消したのは、マリエルが異次元倉庫から取り出した水のようだ。

「追いついたぞ、我が弟子よ」

エンピナ様も地下の通路から出てくる。魔法を放ち、勇者ラインバートが召喚したドラゴンの頭を倒す。

「傷ついた人達の介抱はボク達に任せたまえ」

ジャッホちゃんが、怪我をした街の人達に応急処置を施していく。スピードが早すぎて、包帯を巻かれた人は自分に何が起きたのかわからないようだった。

「俺たちもいるぜぇ！　地下の魔族どもは全員ぶちのめしたぜぇ！　あとは、お前をぶっ飛ばすだけだぜ勇者野郎！」

冒険者さん達を率いてタイムロットさんも地下から現れた。

今ここに、村の全戦力が集結した。

「なんだか知らねぇけど、わらわら雑魚どもが湧いてきやがったな。仕方ねぇ、俺もとっておきを見せてやる」

勇者ラインバートの前に、眩《まばゆ》い光の粒子が集まっていく。その量と輝きは、さっきまでの比ではない。

「竜頭召喚――オロチ！」

現れたのは巨大な竜の上半身。一つの身体に対して、八つの頭が生えている。気配でわかる。あのドラゴンは、さっきまでのドラゴンとは比べ物にならないほど強い。

「一個ずつ切り落としてやるぜぇ！」

タイムロットさんが大斧の一撃を首の一つに叩きつける。しかし、ウロコを切り裂くのがやっとだった。

「他のモンスターどもとは比べものにならないほど硬てぇ！　こいつは、やばいぜぇ……！」

オロチの八つの頭がタイムロットさんをにらみつけた、そのとき。

「みーつーけーたー!!」

上から声がする。見上げると、家の屋根を飛び移りながらカノンがこちらへやってくるところだった。

「見つけたぞ勇者！　今日こそアタシの方が強いってことを証明してやる！　とりゃー！」

カノンがオロチの頭に強烈な跳び蹴りを叩き込む。

〝グルアアアアァ！〟

蹴りを受けたオロチの頭が、上半身ごと吹き飛ぶ。アレは強烈だ。

「というわけで、大英雄カノン様の到着だ！」

「カノンちゃん！　なんでこんな大事なときに迷子になってるんですかぁ～！　一緒に戦おうって約束したのに、ワタシ一人で戦うことになっちゃったじゃないですかぁ～！」

両手を腰に当てて高らかに宣言するカノン。その肩を、ナスターシャが何度も揺さぶる。

「ごめんってナスターシャ姉ちゃん！　謝るから放して！　肩がミシミシ言ってるから！」

カノンがジタバタ暴れてナスターシャを振りほどこうとしている。

「とりあえず、アタシが迷子になった件については、あのデカいのを倒してから話さない？」

カノンがオロチを指さす。

〝〝〝〝〝〝グルルルルゥ……！〟〟〟〟〟〟

低いうなり声を上げてオロチが起き上がる。八つの頭が、カノン達をにらみつけている。

「殺すつもりで蹴ったけど、まだまだ元気か。いいよ。跡形も残らないくらいすり潰してやる」

ナスターシャから解放されたカノンが両拳を打ち合わせる。

「我も手を貸そう。八つの頭は、汝の手には余るだろう」

エンピナ様の背後で、水晶が蒼く輝いている。超上級魔法発動の態勢に入っている。

「ボクも混ぜてもらおう。三〇〇年前の英雄二人と一緒に戦えるこの機会、逃す手はないからね」

ジャッホちゃんが、優雅に剣を引き抜いた。

「野郎ども！　俺たちもやるぞ！　あのデカブツに領主様の邪魔をさせるな！」

「「「応!!」」」

タイムロットさんが村の冒険者さん達を率いて武器を構える。

「皆さん、頼みました！」

これで、勇者ラインバートと一対一で戦える。僕は勇者と向き合う。

「クソが！　竜頭召喚、ヒュドー――」

「させるか！」

僕は最速で間合いを詰め、勇者ラインバートと切り結ぶ。

ドラゴンの頭を召喚するとき、隙が発生する。至近距離での斬り合いなら、ドラゴンの頭を召喚させる暇を与えず戦える。

「勇者ラインバート、ここからは純粋な剣術勝負だ！」

「いいぜ！　そこまで剣で勝負したいってならやってやるよ！　【勇者】の力がドラゴンの頭を召喚するだけじゃないってこと、見せてやる！」

こうしてついに、勇者ラインバートとの最後の戦いが始まった。

〝ガキン！〟

僕と勇者ラインバートの剣が激突。硬い音が広場に響く。

「重い……！」

勇者ラインバートの剣の破壊力は、これまで剣で競った誰よりも高い。筋力もスピードも、〝虹剣ドルマルク〟の力で身体能力が上がっている僕よりさらに上だ。

僕と勇者ラインバートは何度も剣をぶつける。

「ロードベルグ流剣術93式、〝緋空一閃〟！」

「勇者剣81式、〝獅子吼雷斬〟！」

僕の大技と、勇者ラインバートの雷を纏った一撃が激突。轟音が街に響く。

〝ズザザ……！〟

勇者の技の威力に押されて、僕は後ろに押し返される。

「どうしたどうした！　その程度かよ！　まだまだ行くぜ！　74式、〝凍天氷翼斬〟！」

勇者が今度は剣に冷気を纏わせて、真上から振り下ろしてくる。

「12式、〝流星斬〟」

僕は横薙ぎの剣で勇者の大技を受け流す。

「口ほどにもないな、メルキス！　さっきから防戦一方じゃねぇか！」

勇者ラインバートが大技を連打して猛攻を仕掛けてくる。それを僕はひたすら避け、受け流し続ける。

勇者ラインバートの剣技もギフトの力によるものだろう。大技を出すときには雷や氷の力を剣に纏わせ、通常攻撃とは桁違いの破壊力を発揮している。

だが、それだけだ。

僕は戦いの中で、勇者ラインバートの攻撃パターンも戦闘のクセも全て把握した。

「そろそろ反撃させてもらおう」

僕は勇者との間合いを詰める。

「自分から死にに来やがったか！　お望み通りあの世に送ってやるよ！　77式、〝旋風円月斬〟！」

なぎ払う一撃を、僕は一歩下がって剣先をギリギリで回避。

「14式、〝無影突〟！」

返す僕の一撃が、勇者の鎧に穴を穿つ。

「ぐぅっ！」

呻き声とともに勇者ラインバートが一歩下がる。

「なぜだ、なぜ当たらねぇ！」

「勇者ラインバート。お前、まともに剣の練習をしたことないだろ」

「うぐっ」

勇者は硬直する。図星のようだ。

「確かにお前の方がパワーもスピードも上だ。だけど、所詮剣の素人。闇雲に剣を振り回して、隙があるとみればギフトの力で大技を繰り出すだけ。そんな剣が当たるわけないだろ」

「て、てめぇ……！」

勇者ラインバートの声に怒気がこもる。

「せめて【勇者】のギフトを手にしてから剣の訓練をしていれば、もう少し僕に攻撃は当たったはずだ」

「うるせえええぇ！」

頭に血が上った勇者が、闇雲に攻撃を繰り出してくる。

その全てを、僕はギリギリでかわし、受け流し、反撃を叩き込む。

「ロードベルグ流剣術１０７式、〝断魔滅龍閃光連斬〟！」

「ぐあああぁぁ！」

反撃の大技を食らった勇者ラインバートが吹き飛んで壁に叩きつけられる。鎧は、ボロボロになっていた。

しかし。

〝シュウウウゥ……〟

淡いオレンジの光を放ち、鎧が治っていく。
・ドラゴンの頭を召喚する力
・パワーとスピードの上昇
・圧倒的な破壊力を持つ剣技
・鎧の修復
これだけの力を持つ【勇者】のギフト、やはり規格外だ。

倒すには、鎧の修復速度を上回る攻撃力を短時間に叩き込むしかない。

「へへへ。見たか。勇者の力は攻めだけじゃねぇ。守りも鉄壁だ。ちょっと驚かされはしたが。俺に反撃したくらいでいい気になるんじゃねぇ！　力の差は歴然だ！」

勇者ラインバートが得意げに宣言する。鎧の傷はほぼ直りきっている。

「それに、俺にはとっておきがあるんだ。ギフト【スナッチ】発動！」

「何⁉」

僕の手にあった剣が、一瞬にして勇者の左手に移動していた。

「今のは、【勇者】とは別の力……⁉」

「その通り！　今のは俺本来のギフトだ。【勇者】は一五歳で授かるものとは別に与えられる特別なギフトなのさ！　知らなかっただろう！　これは、魔族どもも知らない俺のとっておきだ！」

勇者ラインバートが、右手に自分の剣を、左手に僕の〝虹剣ドルマルク〟を持って距離を詰めてくる。

「俺の手には剣が二本。お前は丸腰。お前にはもう打つ手がない。これで終わり――」

「ロードベルグ流格闘術4式、〝烈昇脚〟！」

〝ドン！〟

油断しきっていた勇者ラインバートの顎に、僕の回し蹴りが入る。

ロードベルグ伯爵家で僕が身に付けたのは剣術だけではない。丸腰でも戦えるよう格闘術も身に付けている。

「ぐぅっ‼」

勇者ラインバートがよろける。

「くそ、まだ足掻くのか！　この！　諦めが悪い奴め！」

勇者ラインバートが二本の剣を振り回すが、僕はそれを全て回避。頭に蹴りや掌底による攻撃を加えていく。

「くそったれ！」

勇者がふらつく。やはり頭への攻撃は、鎧があっても有効らしい。

「なんでだ！　なんで当たらねぇんだよ！」

「当たるわけないだろう。二刀流は扱いが一刀流とは比べものにならないほど難しいんだ。初心者が剣を二本持ったって、何も怖くない」

「うるせぇぇぇぇ！」

二本の剣を振り上げて、ヤケになって突っ込んでくる勇者ラインバート。

剣を振り下ろす、その寸前。

「そこだ！　ロードベルグ流格闘術88式、〝昇龍膝撃〟！」

〝ゴン――！！〟

僕の飛び膝蹴りが勇者の顎に直撃した。

「そんな、蹴り、嘘だろ……！」

勇者ラインバートが両手の剣を落とす。

これは最後の好機だ！

僕が身体能力強化魔法〝フォースブースト〟を維持できるのは、あと一〇秒程度。なんとしても、ここで畳みかけて勝負を決める！

僕は足元に落ちている二本の剣を拾う。

「お前馬鹿か？　さっき自分で、二刀流は扱いが難しいって言ってたじゃねぇか！　一本だけにしとけばいいのに、二本も拾いやがって！」

鎧の中で、勇者ラインバートは薄ら笑いを浮かべているのだろう。僕は笑い返す。

「僕は二刀流が使えるんだよ！　昔弟と訓練してたからな！」

守りを捨てた攻撃特化の戦術。残り少ない時間で勇者を倒すには、これしかない。

「ぐあああ！」

僕の振るう二刀が勇者の鎧を破壊していく。だがまだ、勇者を倒すには足りない。

——魔力が尽きるまで、残り三秒。

「力を借りるぞ、カストル」

これは僕が使える技の中で、最も威力の高い技。

カストルと生み出した、本来ロードベルグ流には存在しないはずの型。

「零式、〝双極氷炎双刃星煌斬〟！」

一呼吸の間に17発の斬撃を繰り出す、とっておきの技だ。

「ぐあああああ！」

斬撃が、勇者の鎧を完全に破壊した。

勇者ラインバートが吹き飛び、地面に転がる。

「く、そ……！」

勇者の身体から、力が抜ける。完全に気を失ったようだ。

「今だ！　【勇者剥奪】発動！」

僕は女神様にもらった力を発動する。勇者ラインバートの身体から光の球が飛び出し、僕の胸の中に吸い寄せられていく。

「これが、【勇者】のギフト……！」

身体の内側に、【勇者】の力が息づいているのを感じる。僕では扱えないが、誰かに引き渡すことはできそうだ。

尤《もっと》も、僕の周りに適性がある人はいないだろうからこちらは気にしなくていいだろう。勇者ラインバートはもう【勇者】の力を使えない。今はこちらの方が重要だ。

「これで決着だ！」

僕は大きく息を吐く。

振り返ると、ちょうど村のみんながオロチを倒してこちらへやってくるところだった。

「「うおおおおお!!　領主様が勇者に勝ったぞ!!」」

村の冒険者さん達が雄叫びを上げる。

「やったねメルキス！　メルキスなら勇者にも勝てると思ってたよ！」

マリエルが駆け寄ってきて、僕に抱きつく。

「一対一で勇者を打ち倒すとは。お見事でした、主殿」

隣に、いつの間にかひざまずいた姿勢でカエデが現れていた。

「それでこそ我が弟子だ。汝であれば勇者に勝てると、我は見込んでおった」

大賢者エンピナ様が得意げな顔でうなずいている。

皆さん、満面の笑みで僕の勝利を祝福してくれる。

ただし、一人だけ。

「くっそ!! 勇者はアタシが倒す予定だったのに、美味しいとこ持ってかれちゃった～！」

カノンだけが悔しそうに頭を抱えていた。

勇者を倒すって、アレ本気で言っていたのか。

「こうなったらメルキス、次はアタシと勝負だ。勇者を倒したメルキスを倒せば、アタシが勇者より強いって証明できるからな！」

そう言っていきなりカノンが拳を構えて襲いかかってくる。だが。

「ダメですよカノンちゃん！ メルキス様は今戦いが終わったばっかりで疲れ切ってるんですからぁ！ それに、仲間同士で戦うなんてダメですよぉ～！」

慌ててやってきたナスターシャが、後ろからカノンを羽交い締めにする。

……前から思ってたけど、ナスターシャはカノンに対して結構遠慮しないというか、容赦がないな。

「わかった！ ギブギブ！ メルキスに喧嘩売るのは止めるから、放してくれナスターシャ姉ちゃん！」

カノンが悲鳴のような声で訴えてナスターシャに解放してもらう。

「お疲れ様です皆さん。皆さんが街の人々を守ってくれたから、勇者との戦いに専念できました。勝てたのは、皆さんのおかげです」

「へっへっへ。領主サマに褒められちまった。日頃から訓練してた甲斐があったぜ」

タイムロットさんが、嬉しそうに笑う。後ろの冒険者さん達も同じ表情をしていた。

……こうして、勇者との戦いは幕を下ろしたのだった。

僕は改めて倒した勇者ラインバートの顔を見る。【勇者】のギフトを取り上げたときに鎧も消えたので、今は質素な服を着ているだけの姿だ。

人相が悪くやや痩せ気味。体つきから言って、これまで訓練を積んでいたような雰囲気はない。歳は僕より二つか三つほど上だろうか。ギフトを授かったのは一五歳のときではないというのは、本当なのだろう。

「う、うう……」

勇者ラインバートが目を覚ます。

「お、目が覚めたな勇者。さぁ、今度はアタシと勝負しろ！　そんでボロ負けしろ！」

カノンが目覚めたばかりの勇者に詰め寄る。

「な、なんだお前は!?　ギフト【勇者】発動！　……あれ？」

ラインバートがギフトを発動しようとするが、何も起こらない。僕が【勇者】のギフトを取り上げているからだ。

「どうした？　早くさっきの鎧姿に変身しろよ」

「無理だ、カノン。ラインバートの【勇者】の力は僕が取り上げた」

「そ、そんな……！」

ラインバートの顔が絶望に染まる。

「く、くそぉ！」

立ち上がってラインバートが逃げ出そうとする。

〝ドン〟

そして、人にぶつかってこけた。

「いってぇな！　気をつけやがれ！」

文句を言うラインバートの顔が、自分がぶつかった相手が誰か見た途端に恐怖に変わる。

「け、憲兵団……！」

立っていたのはこの街の憲兵さん達。鎧と剣で武装して、隊列を組んでやってきていた。

「勇者ラインバート。魔族と結託した罪と、一般市民を攻撃しようとした罪で貴様を逮捕する！」

「ひ、ひぃいぃ……」

ラインバートの喉からか細い声が出る。

「それだけじゃない！　勇者の地位にものを言わせて、ウチの店の商品を無理矢理持っていっただろ！」

「俺なんてこいつに道で『目つきが気に入らない』っていきなり殴られたぞ！」

集まってきた街の人々からも、勇者の罪状が次々と上がってくる。

「【勇者】の力はもうないんだってな。それならお前なんて何も怖くないぞ！」

一人の憲兵さんがラインバートを拘束する。ラインバートは、諦めたようにぐったりしていた。

「メルキスさん、そして仲間の皆さん。おかげでこの通りクソ勇者を捕まえることができました！

ありがとうございます」

「「ありがとうございます！」」

憲兵さんと街の人々が、深々と頭を下げる。

「あんた達なら、やってくれると思ってたよ。ありがとう、本当に感謝してるよ」

いつの間にかレジスタンスのリーダー、ユーティアさんも現れていた。後ろには、仲間のレジスタンスさん達を引き連れている。

「そして、私からもお礼を言わせてほしい。ありがとうメルキス君。おかげで、私も無事に魔族の手から逃げ出すことができたよ」

そう言って現れたのは、この街の領主である本物のルスカン伯爵だ。

「まずはお礼に、祝勝会を開かせてくれ」

「「うおおおお！　宴《うたげ》だあああ!!」」

村の皆さんが歓喜の声を上げる。

こうして、昼空の下で祝勝会を開くことになった。

◇◇◇

「「かんぱーい！」」

僕達は今、街の広場で祝勝会を開いている。

「メルキス君。勇者を倒したあの技、素晴らしかったよ！　村に帰ったら、ボクとまた手合わせしてくれ。そしてまた圧倒的な敗北を味わわせてくれ！」

「未熟とはいえ、勇者と真っ向から戦って勝利するとは流石我が弟子だ。村に帰ったらまた我が新しい魔法を教えてやろう」

ジャッホちゃんとエンピナ様が興奮気味に僕に話しかけてくる。

広場に設置されたテーブルの上には、様々な料理が並んでいる。パスタやピザ、ローストチキン等の料理はルスカン伯爵が手配してくれた。そして、シノビの皆さんも極東料理を作ってくれた（調味料類は、マリエルが異次元格納庫に入れて持ってきてくれていた）。

「いやぁ、本当にメルキス君には感謝してもしきれないよ。メルキス君達がいなければ、街はずっと魔族と勇者に牛耳られたままだっただろう。本当にありがとう」

ルスカン伯爵が、僕に深々と頭を下げる。

「ご無事で何よりです、ルスカン伯爵。それに僕は、魔族の企みを止めたかっただけです」

「ふふふ。頼もしくなったな、メルキス君。前に会ったときはまだ子供だったのに、いつの間にかこんなに立派に村をまとめ上げている。たいしたものだ。……というか、レインボードラゴンや大賢者エンピナ様が村にいるってメルキス君、君の村すごすぎじゃないかな？」

「ありがとうございます、伯爵。ところで、父上について何かご存じありませんか？　父上も魔族に捕らわれて地下にいたはずなのですが」

勇者を倒した後、村の皆さんと一緒に地下をくまなく探し回ったのだが、父上は既に居なかった。

「実はつい昨日、ザッハーク君が牢に閉じ込められている私に会いに来てね。『魔族の仲間になったフリをして潜入調査をしている。しばらくしたら地上にいる仲間にこの場所を伝える。必ず助けに来る』と言っていたのだ」

「そうでしたか。流石父上、魔族の仲間になったフリをしてスパイをしているのですね。魔族達に取り入ることができるなんて、凄いです」

僕の胸の中に、熱いものがこみ上げる。

「ああ。ザッハーク君は凄いよ。私は良い親友を持った。そして街の住人の証言によると、メルキス君が突入してすぐ、街の外れの方から青いワイバーンがとびたったという」

「青いワイバーン。魔族が、王都武闘大会から逃げるときに乗っていたモンスターですね。きっと今回も、父上と一部の魔族はそのワイバーンに乗って逃げ出したのでしょう」

ルスカン伯爵も同じ考えに至っていたようでうなずく。

「魔族の拠点は他にもあるのだろう。ザッハーク君はきっとそちらにも潜り込み、またスパイとして内部から壊滅させるつもりなんだ」

「父上……今度こそお会いできると思ったのですが、まだ再会は先のようですね」

僕は空を仰ぐ。

「心配要らないさ。危険な作戦だが、ザッハーク君なら必ず無事やり遂げてみせるさ」

そう言ってルスカン伯爵は笑ってくれた。

「さぁ、今は祝勝会を楽しもうじゃないか！　メルキス君も大いに呑み食らってくれ！」

ルスカン伯爵が、元気よく酒のジョッキを呷《あお》る。

「いやー！　それにしてもメルキス君のとこの村人が作ってくれた極東大陸料理は美味しいなぁ！　それにこの透明なお酒！　辛みがあって後味がスッキリしていて、やみつきになりそうだ！　これからメルキス君の村からお酒取り寄せちゃおうかなぁ！」

「そう言っていただけて光栄です、伯爵」

ルスカン伯爵は、焼き鳥を食べ純米酒を呑んでいる。飲みっぷりからして、お世辞ではなく本当に極東大陸のお酒を気に入ってくれたようだ。

「いやホント！　極東大陸の料理は美味いな～！」

そして当たり前のように、カノンも祝勝会に参加している。

「そうだメルキス、アタシから一つ話があるんだ」

そう言ってカノンがゆっくりと歩み寄ってくる。

また僕に戦いを挑むつもりだろうか？　僕は身構える。

「メルキス。アタシを、お前の村に住ませてくれ」

「……なんだって？」

僕は眉間を押さえる。

「少し考えさせてくれ……！」

カノンは、戦闘能力は申し分ない。さっきの戦いぶりを見ると、近接戦闘に限って言えば僕と同格かそれ以上。

これからも魔族との戦いが続くことを考えれば、是非仲間になってもらいたいところではある。

だが、目に見えるトラブルメーカーなのもよくわかっている。

村の仲間にすれば、苦労することは間違いない。

「あれ、ここは……!?」

顔を上げると、僕は全く違う場所に立っていた。

いつか見た白亜の神殿。そして今回もまた、女神アルカディア様が神殿の奥に鎮座《ちんざ》していた。

「急ですがメルキス、あなたに話があります。あの女の子、カノンの面倒をあなたの村で見てほしいのです」

僕はあっけにとられてしまう。

「なぜ女神アルカディア様が、わざわざそんなことを僕に伝えに来たのです……?」

「アレはイレギュラーで生まれてしまった存在。今は人類のために戦ってくれていますが、非常に不安定です。何の拍子に人類の敵に回るかわかりません」

それはまぁ、僕もそう思うけれど。

「幸いにも、あなたの村にはカノンと仲の良いレインボードラゴンがいます。彼女がいればカノンもある程度抑えが利くでしょう。どうか、あなたがカノンを正しい道を歩めるようコントロールしてください」

女神様に頼まれてしまっては仕方ない。

「わかりました。引き受けましょう」

「感謝します、メルキス」

折角の機会なので、僕は一つ聞いてみることにした。

「アルカディア様、カノンのギフトは一体なんなのですか？　あれほどの強さをもつギフト、【勇者】と【根源魔法】以外に見たことがありません。それに、あの解読できないギフトの名前。あれは一体何と記してあるのでしょう？」

「彼女が持つギフト。アレはイレギュラーによって生まれたものです。三〇〇年前、私は【勇者】に代わるさらに強力なギフトを作り出そうと試行錯誤していました。試作したギフトは、人間に与えてテストを行っていたのですが……そこでイレギュラーが発生してしまいました」

女神アルカディア様の顔が曇る。

「カノンに与えたギフトは正常に定着せず、半ば壊れた状態になってしまったのです。試作品のギフトには出力を抑えるリミッターが付いているのですがそれも壊れ、それどころか異常な出力を発揮するようになってしまったのです」

「そんな状態でギフトを使って、大丈夫なんですか？」

女神アルカディア様は首を横に振る。

「普通なら大丈夫ではありません。ギフトを使うと魂に重大な負荷が掛かって、一度戦闘しただけでも自我が崩壊するはず……なのですが。彼女は桁外れに自我が強く、負担をものともしていないようです」

ため息とともにアルカディア様が言う。

「まぁ、自我は強いですよね。彼女」

僕はカノンのこれまでの言動を思い出す。

衝動的に行動したり、街を助けたらお礼に自分の像を造らせようとしたり。とにかく我が強い。

「それか、ギフトの負担で人格が壊れかけてあの性格になっているのかもしれませんけれどもね。まったく彼女ときたら、三〇〇年前にどれほど苦労させられたか。地図は読み違うし気まぐれに変なところに出掛けるし方針が違うからといってあろうことか勇者に戦いを挑むし――」

堰《せき》を切ったように女神アルカディア様がカノンについての愚痴を語り始める。余程苦労させられていたらしい。

「とにかくメルキス。なんとしても彼女を村の仲間にして、目が届くところに置いておくのです。間違っても放り出してはいけません。何をしでかすかわかりませんからね。ほんっっっとうになにをしでかすかわかりませんからね」

「わ、わかりました……」

女神様の圧に押されて、僕はうなずいてしまった。これから苦労させられることは間違いないだろう。

「それでは、頼みましたよ」

そう言ってアルカディア様の姿が消える。気づくと僕は、元の広場にいた。

「？　どうしたの？　急にぼーっとして？」

目の前には、さっきと同じ姿勢でカノンが立っている。

「ああ。何でもない。ウチの村に住みたいっていう話だったな。歓迎するよ。よろしく、カノン」

「やったあああ！」

カノンが満面の笑みで拳を突き上げる。

「それじゃ今日からアンタがアタシのボスだ。よろしくな、ボス。魔族との戦いでは派手に暴れるから、期待してくれよな！」

親指を立ててみせるカノン。戦力としては、本当に頼もしい限りだ。

「またカノンちゃんと村で一緒に暮らせるんですかぁ？　やったー、嬉しいですぅ～！」

ナスターシャが嬉しそうにカノンに抱きつく。

「これから毎日ナスターシャ姉ちゃんと一緒か。楽しくなりそうだな～！」

「カノンちゃん、ワタシ達の村は凄く発展しているんですよぉ。きっと気に入ってくれますぅ。まずですねぇ～」

二人は楽しそうに話し始めた。本当に仲がいいんだな。

「そういえばカストルはどこだろう？」

僕は辺りを見渡す。

「くううぅ……兄貴の村の飯は美味いぜ！　羨ましいなぁ！」

カストルは隅の方で一人食事をとっていた。

「君、誰か知らんがいい食いっぷりだな！　じゃんじゃん食ってくれ！　ほら、これは極東料理の〝お好み焼き〟だ。お代わりもあるぞ」

「あ、ハイ。ありがとうございます」

知らない人に囲まれて落ち着かなそうにしている。

カストルは僕が呼んだのだ。

今回魔族の拠点を突き止めるために大きな貢献をしたし、幹部クラスの敵の相手を務めてくれた。間違いなく戦いの功労者の一人である。祝勝会に呼ぶのは当然のことだ。

「お疲れ様、カストル。あの準幹部クラスの魔族に勝ったんだってな」

僕はカストルに声をかける。

「おう。兄貴も、勇者の野郎をぶちのめしたって聞いたぜ」

僕が拳を差し出すと、カストルも同じように拳を出して、軽く当てた。

「……俺、強くなるぜ。兄貴に届くかはわからねぇけど、これからまだまだ腕を磨く。次会うときには、兄貴より強くなってるかもしれないぜ」

「言うようになったな。楽しみにしてるよ」

魔族との戦いを経て、カストルの雰囲気が変わった。ロードベルグ伯爵家の当主を任せるにふさわしい風格だ。

「お。カストル君じゃん。魔族の準幹部クラスの敵を倒したんだって？　成長したじゃん」

やってきたのは、マリエル。

「お、お久しぶりですマリエル王女！」

カストルが急に姿勢を正して深々と頭を下げる。

「ほう？　我が弟子の弟か。汝、魔法は得意か？」

「はじめましてカストル殿。一度変装したことがありますが、やはり主殿と顔つきがどことなく似ておられますね」

「メルキス様の弟さんですかぁ。初めましてぇ〜、ワタシはナスターシャといいますぅ」

僕の弟と聞いて、村の仲間が興味を示して集まってくる。

「う、うわあ！　女の子がたくさんいる……！」

カストルが女の子に囲まれて怯えている。カストルは屋敷で働くメイドさんとも目が合わせられないほど女性に免疫がないのだ。

「くっそぉ……兄貴はこんなに女の子達に囲まれて暮らしてやがるのか、うらやましいぜぇ……！」

そして、悔しがっている。

「やっほー。メルキスも食べてる？」

マリエルが僕の前にもやってきた。

「勇者と戦って疲れたでしょ？　今日は特別に、私が食べさせてあげよう。はい、あーん」

マリエルが極東料理の〝すき焼き〟を差し出してくれる。

「自分で食べれるよ、もう」

僕は食器を受け取って食べる。今日も、極東料理の味付けは美味しい。疲れた身体に、牛肉の旨味と砂糖醤油の味が染み入る。

「よし、折角の祝勝会だし僕も思いっきり食べるぞ！」

戦いの後処理が大変で気づかなかったが、僕は猛烈に腹が減っていた。

「そうだよ！　折角の祝勝会なんだから、楽しまなきゃ！　行こうメルキス、あっちに新しいネタのお寿司があったよ」

マリエルが僕の手を引っ張っていく。この日僕達は、大いに祝勝会を楽しんだ。

七章

新しい仲間と更なる村の発展

SAIKYOGIFT DE
RYOCHI KEIEI SLOWLIFE

勇者を倒して数日後。

僕は以前と変わらぬ日常を過ごしていた。

「さぁ、今日も出掛けるか」

朝。着替えた僕が日課のランニングに出掛けようとしてドアを開けると――

「ボス、腹減った……」

カノンが行き倒れていた。

「――!? と、とりあえず何か食べるか？」

「食べる！」

僕はメイドさんに頼んで、カノンの分も朝食を作ってもらう。

「ありがてぇ……！ 大豆ペーストのスープの旨味が身体に染み入る～！」

出来たての味噌汁を、美味しそうにカノンが飲んでいく。豆腐と焼き魚もあっという間に平らげてしまった。

「いやー、美味しかった～！ ありがとう、ボス！」

食事を終えたカノンは、満足そうにお腹をさする。

「それで、なんで行き倒れてたんだ？」

「そりゃお金がないからだよ！ 最初はナスターシャ姉ちゃんの家に行ってご飯食わせてもらってたんだけど、そろそろ怒られそうだし。三〇〇年前に稼いだお金は、預けた銀行がなくなって引き下ろせなくなってるし……」

カノンがうなだれる。

「というわけでボス！　なんか仕事紹介して！」

カノンが両手を合わせて頼み込む。

もちろん村に住むことになったとき、カノンには新しい家を提供している。

しかし仕事までは与えていなかった。てっきり三〇〇年前の貯金で暮らしていると思っていたからだ。

「わかった。領主として、何かカノンが働ける場所を探してみよう」

「ありがとう！　さすがボス、頼りになるぅ～！」

カノンの顔がぱっと明るくなる。

こうして、村でのカノンの仕事探しが始まった。

◇◇◇

僕達がまずやってきたのは、図書館だ。

「うわぁ～！　でっかい図書館だな～！」

カノンが感嘆の声を漏らしながら図書館を見上げている。

「エンピナ様が、返却された本を仕分けて棚に戻す人の手が足りないと言っていたんだ。丁度良いから、カノンにここで働いてもらうのはどうだろう？」

「いいね！　本を運ぶってことは力仕事でしょ？　アタシ、そういうの得意なんだわ」

僕達は図書館の入り口をくぐる。

「おお、よく来たな我が弟子よ」

エンピナ様が迎えてくれる。

「後ろにいるのは拳闘の英雄ではないか。それで我が弟子よ、今日はなんの用だ？　今日は講義の予定はなかったはずだが。居ても立ってもいられなくなって我の魔法を学びに来たのか？」

ウキウキした様子でエンピナ様が近寄ってくる。

「いいえ、今日は別の用事で来ました。エンピナ様、以前に『本を運ぶ人手が足りない』とおっしゃっていましたよね？」

僕が言った途端、ウキウキしていたエンピナ様が一気に真顔になる。

「我が弟子よ。まさか、その粗暴な女にこの図書館の本を任せよというのではあるまいな？」

エンピナ様が怪訝な顔で問うてくる。ああ、これはダメなヤツだ。

「おお！　八つ頭があるドラゴンにバンバン魔法撃ちまくってた、あのときの子供じゃん！　図書館で働いてたのか！　小さいのに偉いな～！」

カノンがエンピナ様に向かって駆け寄る。そして無造作に頭を撫で始める。

「前に見たときから思ってたんだけど、やっぱりちっちゃくて可愛いな～」

「こら、我は子供ではない！　頭を撫でるな！」

エンピナ様が腕をバタバタさせて抗議する。

「アタシ、子供は好きなんだよね～。ほら、飴をあげよう」

「要らぬ！　汝は絶対に雇わぬからな！　我が弟子よ、早くこの小娘をつまみ出せ！」

エンピナ様が怒ってしまった。

こうしてカノンの仕事探しは、最初から躓《つまづ》いてしまったのだ。

「まぁ、村には他にも働き手を探しているところがある。いろいろ当たってみよう」

「おー！」

僕達は村の中で色々と仕事を探した。

しかし。

極東風公園の樹木の整備を任せたら、手刀で松の木をバッサリ斬り。

畑の作物の収穫を任せたら、力の入れすぎで収穫した野菜の半分くらいがぐちゃぐちゃになり。

温泉の掃除を任せたら、サウナの設定温度を間違えてとても人が入れないような温度になった（ナスターシャだけは楽しそうに入っていた）。

こんなことがあり、カノンに任せられる仕事は見つかっていない。

「くっそー。こんなはずじゃなかったのに……」

カノンが珍しく落ち込みながら歩いている。

「カノン、三〇〇年前はなにをして生計を立てていたんだ？」

「何もしなくても毎日のように魔族やらモンスターやらが攻め込んできたから、それをひたすらボコボコにしてたね。あの頃は、何も考えず魔族を殴り飛ばすだけで金も名誉も手に入ったんだよな～」

三〇〇年前に思いをはせるカノン。

「でも、今の平和な時代の方がやっぱ好きだな。みんな余裕があるから飯は美味くなってるし、ノンビリできるし、周りの人が急に死んだりしないからな」

そう言うカノンの言葉には、重みが感じられた。呑気そうに見える彼女だが、きっと大変な思いをしてきたのだろう。

「さて、どこで働いてもらうのが良いかな……」

そう考えながら歩いていると。

「うおおお！」

「とりゃあああ！」

訓練場の方から、元気なかけ声が聞こえてきた。

「折角だし、覗いてみるか」

僕はカノンをつれて、訓練場の様子を見に行く。

「お、領主サマじゃねぇですか！　お疲れ様です！」

「「「お疲れ様です!!」」」

訓練場に足を踏み入れると、タイムロットさんと冒険者さん達が挨拶してくれる。

「へぇ。訓練場か。いいね、折角だしアタシも気晴らしに軽く運動していこうかな。そこの二人、この大英雄カノンが特別に相手をしてあげよう」

カノンが自信たっぷりにタイムロットさんと、よく彼と一緒にいる冒険者さんを手招きする。

「おお！　こいつは光栄だぜ！　大英雄サマに俺たちの腕を見せてやるぜぇ！」

「やるッスよ、タイムロットさん！」

タイムロットさん達が訓練用の武器を構えてカノンに突撃する。

だが。

「ほいほいっと」

カノンが足払いであっという間に二人をこかす。

「「うわあああ！」」

タイムロットさん達が受け身も取れず地面に転がった。

素人目には軽く足を蹴ったら二人が勝手に転んだように見えるかもしれない。だが、実際はものすごい技術が必要だ。

「なんて見事な足払い……完全に二人の重心が軸足に乗った瞬間を狙って最小限の動作で払ったのか……」

僕は唸る。

「いってて……何をされたのかわからなかったぜぇ」

「気づいたら地面に転がってたッス」

転んだ二人が立ち上がる。

「領主サマ、仇を取ってくだせぇ」

「領主様とカノンちゃんの戦い、見てみたいッス！」

タイムロットさん達が期待するような目でこっちを見ている。さらに。

「「え、領主様とカノンちゃんのバトル？　見たい見たい！」」

と訓練場にいた冒険者さん達が集まってきてしまった。

これはやらざるをえない。

僕もカノンの実力についてしっかり知っておきたいと思っていたところだし、良い機会だ。

「よし、カノン。次は僕が相手だ」

「いいねボス、そう来なくっちゃ」

嬉しそうに笑って、カノンが拳を構える。

「あくまで近接訓練の一環だからな。魔法はなしで、剣術と体術だけで相手させてもらう」

僕は冒険者さんから訓練用の剣を受け取って構える。〝虹剣ドルマルク〟は腰に下げたままなので、身体能力向上効果は発揮されたままだ。

「じゃあ……行くぞ！」

僕は剣を構えてカノンに突撃する。

「ロードベルグ流剣術14式、〝無影突〟！」

「そらよっ！」

カノンが、拳の甲で僕の攻撃を受け流す。

剣と拳が何度も宙でぶつかり合う。

「巧いな……！」

カノンはこちらのフェイントに引っかからない。こちらの本命の攻撃を全ていなし、なめらかに反撃、そして次の一手へとつなげてくる。

圧倒的戦闘経験がなせる技だ。

だが。

「これならどうだ！」

カノンの一瞬の隙を突く、薙ぎ払い。に見せかけて僕は足払いを仕掛ける。剣に意識が集中した相手は必ず反応が遅れて、足払いを喰らってバランスを崩す。はずだったのだが。

〝スカッ〟

僕の足払いは空振った。完璧に見切って避けられていたのだ。そしてそれだけではなく、カノンの脚が僕の脚を搦め捕って、掬う。

「うわっ！」

足払いで体勢を崩すはずが、逆に体勢を崩されてしまった。立て直しが利かず、僕は地面に倒れ込んでしまう。

「よし、アタシの勝ちだ！」

カノンが僕の顔に拳を突きつける。実戦であれば、僕は死んでいた。

「……さすがだ、カノン。僕の負けだ」

僕は素直に敗北を認める。

「よっしゃ、ボスに勝った～！」

カノンが両腕を上げて勝ち名乗りを上げる。

「一対一で正面から戦って負けるのは、いつ以来だったかなぁ。……悔しいな」

「ふふん。ボスもやるけど、アタシの方が上だったね。多分ボスが魔法使っても、アタシが勝つよ」

そう得意げに言い切るカノン。

「……言ったな？」

カノンの一言で、僕の心に火が付いてしまった。

僕はほとんど負けたことがなかったので知らなかった。自分がこんなに負けず嫌いだったとは。

僕は今、なんとしてもカノンに勝ちたいと思ってしまっている。

「じゃあカノン、今度は正真正銘の全力。魔法ありでやろう」

「そう来なくっちゃ。ボスに勝てば、アタシが勇者より強いってことだよね？」

というわけで改めて戦ったのだが。

「うぎゃー！」

僕が勝利した。

「その、二種類の魔法混ぜるヤツずるくない……？」

ダメージで倒れたままのカノンが不服そうに言うが、勝ちは勝ちだ。

「というわけで。近接戦闘だけならカノンの方が強いが、何でもありの戦いなら僕の方が強いっていうことでいいな？」

「ぐぬぬぬぬぬ……。認めざるをえないか……」

カノンは凄く悔しそうだ。

「ところでどうだカノン、僕の村の冒険者さん達は。カノンには及ばないけれど、強いだろう？」

僕が聞くとカノンが起き上がって考え込む。

「うーむ。ボスは強かったけど、他の連中はそこそこ止まりかな？　確かにボスの魔法で筋力もスピードも並の人間に比べればずっと強いんだけど、イマイチ実戦経験不足だね。技の組み立ても相手の動きへの対応も甘い」

「がっはっは！　俺たちは歴戦の冒険者だぜぇ？　いくらカノンちゃんが英雄だっていっても、経験なら長生きしてる俺たちの方が上だぜ」

タイムロットさんが笑い飛ばす。

「へぇ。どれくらい実戦やってるの？」

「俺たち村の冒険者は、シフトを組んで村の安全を守るために週三日くらい森を探索しに出掛けてモンスターを狩ってるぜぇ」

タイムロットさんが自信満々に言う。

「アタシは月に一日だったかなぁ」

「がっはっは！　全然すくないじゃねぇか」

村の冒険者さん達が笑う。

「月に一日。戦いがない日があった。それ以外はずっと戦ってたかなぁ。周りの人間がバンバン死んでいく中で、ひたすら戦い続けてた。相手は魔族か魔族が操るモンスターども。たまに魔王とか勇者とも戦ったね」

「――――!!」

村の冒険者さん達が一斉に押し黙る。カノンの圧倒的戦闘経験を聞くと、何も言えなくなるのだ。三〇〇年前の大戦を生き抜いた猛者。年上のタイムロットさんでさえ遥かに及ばない経験値をカノンは持っている。

そこで僕は閃《ひらめ》いた。

「カノン、村のみんなに戦いの稽古《けいこ》を付けてやってくれないか？」

「それはいい！　俺たち、領主サマのためにもっと強くなりてぇ！　俺たちを鍛えてくれ！」

タイムロットさんがカノンの手を取る。

「何!?　カノンちゃんが稽古付けてくれるのか？」

「あの英雄カノンが鍛えてくれるなんて、願ってもないぞ！」

他の冒険者さん達もやる気満々のようだ。

「しっかたないな～！　よし！　このアタシがお前達全員、勇者に勝てるくらい強くしてあげよう！」

仕方ないと言いながらも嬉しそうに、カノンが宣言する。

「「「うおおおおお!!」」」

冒険者さん達は大盛り上がりである。

「ふふん。よし、今日からアタシのことはカノン師匠と呼べ！」

「「はい、カノン師匠！」」

カノン、絶好調である。

「話は聞かせてもらいました」

カエデが僕の前にひざまずいた姿勢で現れる。

「実は私の部下のシノビ達も、一段と鍛えたいと思っていたのです。これを機に、村の訓練場を大幅拡張してみるのは如何でしょうか？」

「それはいいな。よし、早速拡張に取りかかろう！」

こうして、村の訓練場の大幅改築が始まったのだった。

「さぁ、まずはここの土地をならしていこう」

マリエルが指揮を執って、新しい訓練所の建設をしている。

これまでより大きな施設になるため、より広い場所へと移転した。

マリエルの指揮で、村の冒険者さん達がテキパキと手を動かしていく。土地をならし。柱を建て。建材を組み付けていく。

訓練場の建屋が順調に組み上がっていく。

「あれ？　なんだろうこれ？」

マリエルが首をかしげている。

「どうしたんだ？」

マリエルの目の前には、いろいろな部材が並んでいる。

「この部材は、この村じゃ作れないからキャト族さん達が他の街で買ってきてくれたものなんだけどね。注文してないはずのものも来てるんだ」

そう言ってマリエルが指さすのは、布で厳重に梱包された大きな包み。

中を開けると――

「これ、カノンちゃん……？」

包みの中から出てきたのは、カノンの等身大の石像だった。

「なんでカノンちゃんの石像が……!?」

マリエルは目を白黒させている。

「ねぇ、こんなもの注文してないはずだけど？」

近くにいたキャト族さんをマリエルが呼んで聞く。

「ニャ？　この石像は、注文書を作っているときに、カノンさんがやってきて書き足していったのニャ。……まさかカノンさん、費用を管理しているマリエル様に許可を取らずに書き足したのニャ!?」

キャト族さんとマリエルが目を見開く。

「おー！　届いたか！　待ってました〜！」

そこへ、目を輝かせながらカノンがやってきた。

「カノンちゃん？　これは一体どういうことかな〜？」

「やっぱここはアタシが管理する訓練場だし、アタシの石像の一つ二つなきゃ始まらないじゃん？というわけで、サプライズで石像を注文しちゃいました〜！　出入り口前にどーんと飾っちゃおう！」

「認めらるわけないでしょそんな出費！」

マリエルが怒りの声を上げる。

「ええ、それくらいいいじゃん！　アタシの石像があった方が、みんなやる気出るでしょ？」

周りの冒険者さん達が、一斉に首を横に振る。

「カノンちゃん！　また悪いことしたんですかぁ～！」

騒ぎを聞きつけて、ナスターシャがやってきた。いつものようにカノンを羽交い締めにする。

「わかった、アタシが悪かった～！」

こうして、カノンは村の冒険者さん達に稽古をつける指導者として働くことになった。

そして石像の費用はカノンの給料から分割して天引きされることになった。

◇◇◇

「ようこそボス、アタシが管理する訓練場へ！」

数日後。

僕は、完成した訓練場を見に来ていた。

前はほとんど何もない野外で皆さん訓練をしていたが、新しくなった訓練場は巨大なドーム型建造物になっている。

僕はカノンの石像の横を通って建物内部に入る。

「このドームは、いくつかの部屋に分かれてるんだわ。まず最初が、基礎体力作りの部屋」

カノンが部屋を案内してくれる。

「うおおおお！」

冒険者さん達が、不思議な機器の上で走っている。足元がベルトになっていて、走ってもそれが回るだけで前に進まないようになっていた。

「なるほど、ずっと同じ場所で走り続けられるというわけか」

「その通り！　これで、雨の日だろうと全力で走り込みができるってわけ」

カノンが嬉しそうに説明してくれる。

隣では、巨大な鉄の塊がついたバーベルを使って重量挙げをしていたり、皆さん基礎鍛錬に打ち込んでいる。

やっていることはシンプルなトレーニングだが、とにかく負荷がすごい。僕の魔法で身体能力がアップしている村人さん達でも、十分に鍛えられるだろう。

「基礎鍛錬は大事だからね。どこで誰と戦うにしても、パワーとスタミナがないと始まらないし」

「同意だ。これからは、僕もここで鍛えさせてもらうよ」

僕達は、次の部屋に向かう。

「ここはアタシじゃなくて、シノビのカエデちゃんって子が管理してる部屋だよ。シノビの訓練をしたいんだってさ」

部屋に入って、まず目に付くのは巨大なプール。

「「「1！　2！　3！　4！」」」

そしてプールの上で、シノビさん達が腕立て伏せをしていた。

……僕は自分の目を疑った。

目をこすってもう一度見るが、やはりシノビさん達が腕立て伏せをしている。プールの上で。

「これは、一体何を……？」

僕は混乱している。

「おお、主殿！　ようこそお越しくださいました」

プールの上にいたカエデが、水の上を走ってこちらへやってくる。

「カエデ、これは一体何をしているんだ？」

「ご説明しましょう。忍法〝水蜘蛛の術〟の練習をしているのです」

〝水蜘蛛の術〟。カエデ達シノビが使う、水の上を歩いたり走ったりする技だ。どんな原理で水に浮いているのかは、僕にもわからない。

「水蜘蛛の術の精度を高めるために水の上で過ごす訓練をしているのですが、ただ水の上にいるだけではもったいないので腕立て伏せも一緒にやっているのです」

いつも通りクールな表情のカエデだが、表情がどこか得意げだ。

「さぁ！　主殿が視察に来てくださいました！　気を引き締めて励みましょう！　1！　2！」

カエデのかけ声でシノビさん達が腕立て伏せを再開する。

シノビ凄いな……！

「やった、当たったのニャ〜！」

後ろから、キャト族さん達の声が聞こえる。振り返ると、黒装束のキャト族さん達が手裏剣を投げる訓練をしていた。

大きな横長の箱があり、そこから木製の魚のおもちゃが飛び出す。

キャト族さん達が、木製の魚をめがけて一斉に手裏剣を投げていく。

「「「今ニャ！」」」

「やった、当たったのニャ!!」

「ボクは外しちゃったのニャ……悔しいのニャ」

どうやら、手裏剣の訓練に取り組んでいるらしい。

しばらく見ていると、どうやら魚にもいろいろ種類があり、小さかったり素早く動く魚もいるようだ。

これは良い訓練になりそうだ。

「じゃあ、そろそろ次いってみよ〜」

カノンに連れられて、僕は部屋を後にする。

「なんだ、これは？」

次の部屋に置いてあるのは、巨大な人型の木製人形。

「ああ、訓練で使う木人か。これを相手に技を出して練習するんだな？」

「いや、逆逆。この人形の技をアタシ達が防御するんだわ。ほい、スイッチオン」

カノンがスイッチをいじると、木製人形が動き出す。

「腕が八、九……一〇本もあるぞ⁉」

木製人形は、一〇本の腕にそれぞれ剣や槍を持っている。

そして、僕に襲いかかってきた。

「うわあ！」

〝ガキン！〟

僕は剣を抜いて攻撃を防ぐ。

〝ガキンガキンガキン！〟

木製人形は、すごい手数で仕掛けてくる。

「なるほど、この木製人形の攻撃を防ぎ続ける訓練か……！」

「そういうこと。ちなみに、最初の部屋にあったベルトの上で走る装置からエネルギーをもらって動いてるんだって。難しいことはよくわかんないけど、あそこの女の子が作ってくれた」

カノンが指さす方を見ると、疲れてぐったりしたエンピナ様がいた。

「ちなみにその人形、剣だけじゃなくて魔法も使うんだってさ」

〝バシュッ！〟

カノンが説明した瞬間、人形が〝ファイアーボール〟を放ってきた。

「これを防ぎ続けるのは……難しいな！」

僕はなんとか人形の動力が切れるまで攻撃を防ぎ続けた。

「流石ボス！　この人形の猛攻を防ぐなんてやるじゃん！　ここまでできたのはアタシ以外だとボスが初めてだね」

そう言ってカノンが部屋を後にする。

ちなみに、木製人形はしばらくするとまたエネルギーが補充されて動くようになるらしい。

「そしてここが最後の部屋。この部屋が一番シンプルだよね」

案内された部屋は、床板がなく地面がむき出しのままになっていた。辺りはでこぼこしていて、大きな岩も転がっている。

「この部屋は魔法で定期的に地形が変わるようになってるんだって。地面が盛り上がったり、樹木が生えたり。そしてここでやることは簡単。ひたすら戦うだけ」

僕の目の前で、土属性魔法が発動して地面が盛り上がる。

「お疲れ様です領主サマ！　それにカノン師匠！」

「お疲れ様ッス！」

そう声をかけてきたのは、タイムロットさんだ。隣にいつもの若い冒険者さんもいる。

「領主サマ！　俺たちが強くなったところ、お見せしやす」

「あれから鍛えられて、俺たちずっと強くなったんスよ！」

そう言って二人は武器を構える。

「いいね。それじゃ、やりますか」

こうして戦いが始まった。

「行くぜぇ！」

先に仕掛けたのはタイムロットさん達だ。

「明らかに、前よりレベルが上がってるな……！」

前にやられた足払いへの警戒はもちろん、カノンの攻撃を読み、防ぎ、フェイントを交えて反撃していく。

――一分後。

「くっそ～！　負けちまったぜぇ」

「全然攻撃が当たらないッス」

二人は地面に倒れていた。

しかし負けたとはいえ、瞬殺された前回と比べると凄い進歩だ。

「よしカノン！　次は僕が相手だ！」

タイムロットさん達が倒れたので、僕は訓練用の剣を構えてカノンの前に立つ。

「ここはすごくいい環境だな！　ここで鍛えれば、僕もみんなも、きっと凄く強くなるぞ」

「ああ、間違いない。強くなれるのはアタシが保証する！」

カノンがそう言って笑顔を見せた。

「見ていてください父上。僕はもっと強くなります！」

僕はその思いを胸に、新しくなった施設で訓練に打ち込むのだった。

〇〇〇〇〇〇〇〇〇〇村の設備一覧〇〇〇〇〇〇〇〇〇〇

①村を囲う防壁
②全シーズン野菜が育つ広大な畑
③レインボードラゴンのレンガ焼き釜＆一日一枚の鱗生産（一〇〇万ゴールド）
④大魔法図書館
⑤広場と公園
⑥華やかな植え込み
⑦釣り用桟橋
⑧極東風公園
⑨極東料理用の畑
⑩温泉＆サウナ
⑪ドワーフの鍛冶場
⑫ドーム型複合訓練場［New!!］

〇〇〇〇〇〇〇〇〇〇〇〇〇〇〇〇〇〇〇〇〇〇〇

《了》

あとがき

こんにちは、音速炒飯です。

この度は三巻を手に取っていただき、ありがとうございます！

三巻まで続けて読んでくださっているというのは、本当に嬉しいです。本当にありがとうございます！

イラストは今回も、riritto先生に手がけていただいております。

新種族のドワーフ達、可愛くデザインして頂きました。マスコット的な可愛さがありつつ、それでいて鍛冶が得意でしっかり村をサポートしてくれるという頼もしさもある、本文のイメージにぴったりの姿にしていただきました。

そして新しく登場したカノン。最高の仕上がりです。顔つきや表情、服装とか、カノンの性格が出ていてデザインを拝見したときに『うわー、スゴイ！ カノンだ！』と興奮してしまいました。

riritto先生。本当にありがとうございます。

二巻の後書きでも触れましたが、カノンは一巻時点から既に構想があったキャラクターでした。しかしあの性格なので普通に出すと主人公ポジションを奪ったり村の中のパワーバランスがめちゃくちゃになったりするので、いろいろ調整したうえで周りの村人の層が厚くなったこの巻で登場させることができました。

やることなすこと無茶苦茶で、書いていてとても楽しいキャラです。一方で作者の作ったストーリーラインを無視して勝手に暴れるキャラなので扱いが大変難しくもありました。

　そして三巻では、カノンだけでなく村の仲間達の見せ場をたっぷり書かせていただきました。これまではメルキス以外のバトルは割とあっさり書いていましたが、三巻では各キャラクターが敵幹部と一対一で戦う展開にしてみました。少年漫画でよくある、敵の幹部をひとりずつ一対一で倒さないと先に進めないタイプのラスボスのアジトですね（個人的にああいったタイプのアジトが好きなんですが、最近はあまり見かけません。寂しい）。

　さて話は変わりますが、この小説三巻は大変有り難いことに、またまたコミカライズ二巻と同時発売させて頂くこととなりました（このあとがきを書いている時点での情報です）。

　コミカライズ二巻ではナスターシャが登場して、村が賑やかになってきます。眠田瞼先生の描くナスターシャがとても可愛いので、是非読んでください！

　最後になりますが、謝辞を。

　担当K様。一巻から引き続き作品出版に関わる諸々の編集作業をありがとうございます。

　知人Aさん。作品についていろいろ一方的に私が話すのを聞いてもらって助かります。

　riritto先生。今回もとても素晴らしいイラストをありがとうございます。

　そして本作をご購入頂いた皆様に、最大限の感謝を！　作品を楽しんでいただけたというのが、作者にとって何よりうれしいことです。

　それではまたお会いできればと思います。

音速炒飯

最強ギフトで
領地経営スロ～ライフ
辺境の村を開拓していたら英雄級の人材がわんさかやってきた!
音速炒飯
Cyarhan Onsoku
イラスト riritto
1～3巻発売中!
父上!!!! 追放という試練、必ず乗り越えてみせます!!!!!!!!!
勘違いなのに…(勘違い)
最強の領地ができちゃった!?!?!?
©Cyarhan Onsoku

唯一無二の最強テイマー
~国の全てのギルドで門前払いされたから、
他国に行ってスローライフします~
原作：赤金武蔵　漫画：田村紘一
キャラクター原案：LLLthika
異世界還りのおっさんは
終末世界で無双する
原作：羽々音色　漫画：ダンタガワ
ジャガイモ農家の村娘、
剣神と謳われるまで。
原作：有郷　葉　漫画：たぢまよしかづ
キャラクター原案：黒兎ゆう

雷帝と呼ばれた
最強冒険者、
魔術学院に入学して
一切の遠慮なく無双する
原作：五月蒼　漫画：こばしがわ
キャラクター原案：マニャ子
どれだけ努力しても
万年レベル0の俺は
追放された
原作：蓮池タロウ　漫画：そらモチ
モブ高生の俺でも冒険者になれば
リア充になれますか？
原作：百均　漫画：さぎやまれん　キャラクター原案：hai
COMIC
NOVA
ノヴァ
https://www.123hon.com/nova/
話題の作品
続々連載開始!!

最強ギフトで領地経営スローライフ 3
～辺境の村を開拓していたら英雄級の人材がわんさかやってきた！～

発　行
2024 年 1 月 15 日　初版発行

著　者
音速炒飯

発行人
山崎　篤

発行・発売
株式会社一二三書房
〒101-0003　東京都千代田区一ツ橋 2-4-3 光文恒産ビル
03-3265-1881

編集協力
株式会社パルプライド

印　刷
中央精版印刷株式会社

作品の感想、ファンレターをお待ちしております。

〒101-0003　東京都千代田区一ツ橋 2-4-3 光文恒産ビル
株式会社一二三書房
音速炒飯 先生／riritto 先生

Printed in Japan, ISBN 978-4-8242-0074-7 C0093
※本書は小説投稿サイト「小説家になろう」（https://syosetu.com/）に
掲載された作品を加筆修正し書籍化したものです。